Du même auteur

Les cinq saisons du sensei

Haru
Tsuyu
Natsu
Aki
Fuyu

Histoires du Japon d'autrefois

Oni

Martin LUSSAN

Aki

Les cinq saisons du senseï

Ce livre a été publié sur BoD-Books on Demand
12/14 rond-point des Champs Elysées, 75008 Paris, France
ISBN : 978-23-221-5869-0

© Martin LUSSAN
www.martin-lussan.com
marutan@orange.fr
facebook : martin lussan

Imprimé par Books on Demand GmbH, Norderstedt, Allemagne
Dépôt légal : juillet 2017

Livre 1
Chapitre 1

En ce matin d'octobre 1.988, sortant de sa villa fraîchement réhabilitée, selon le terme local consacré, située sur le haut d'un secteur résidentiel de Takarazuka, banlieue résidentielle du nord ouest d'Osaka, monsieur Kenichi MARUTA (littéralement la rizière ronde) se sentait d'humeur légère. Tellement qu'il en avait décidé de faire à pied le trajet jusqu'à la gare par plaisir et pas seulement par hygiène .

Il avait poliment décliné l'offre de sa femme, Hanako, de l'y conduire en voiture ou de lui appeler un taxi, et ils s'étaient séparés comme chaque matin depuis plus de quarante ans sur un *ittekimasu* (j'y vais), ce à quoi elle répondait invariablement comme des millions de ménagères japonaises aux mêmes heures par un *iterasshai* (vas-y, bonne route, bonne journée, travaille bien, etc).

Agé de soixante-six ans depuis quelques semaines, Mr MARUTA pouvait regarder en arrière avec la satisfaction d'une vie bien remplie, et réussie selon les critères locaux. Chef d'une petite entreprise, Maruta Denki K.K, spécialisée dans les bobinages pour moteurs électriques qu'il tenait de son père, Jinbei MARUTA, qui avait lui-même succédé à son grand-père qui l'avait créée en 1917.

Il jouissait professionnellement d'une réputation flatteuse et justement méritée, et ses affaires marchaient plutôt bien. Une prospérité bien assise lui avait permis d'envoyer ses deux fils dans des universités renommées.

Son aîné, Junichiro, avait choisi la magistrature et était maintenant juge d'instruction à Matsuyama, une des quatre grandes villes de l'île de Shikoku. Il préparait un concours pour devenir procureur, et s'il se plaçait dans le peloton de tête il pourrait même choisir sa prochaine affectation, à n'en pas douter le Kansai (zone Osaka, Kobe, Kyoto et Nara) d'où sa famille était originaire de même que celle de sa femme Yoko.

La vie professionnelle de son aîné s'étant déjà écartée du devenir de l'entreprise familiale, le cadet, Toshiaki, avait été désigné volontaire pour assurer la pérennité de Maruta Denki K.K et s'y préparait en suivant avec sérieux des études d'économie dans une université prévoyant, Mr MARUTA avait pris soin de mettre en contact son fils cadet avec le terrain de sa future carrière en le faisant travailler dans l'usine pendant ses vacances scolaires dès sa première année de lycée.

Ainsi, pendant que les fils d'ouvriers participaient aux activités sportives de leur école, lui, le fils du patron, apprenait avec leurs parents les arcanes enivrantes du bobinage électrique, les joies de la production à flux tendu, les mystères de la chaîne de fabrication et du bon fonctionnement des cercles de qualité.

L'adolescent qu'il était alors s'était étonné lui-même d'y trouver du plaisir, surtout eu égard à la considération déférente dont on lui faisait montre dans l'entreprise familiale, ce qui le changeait fortement de l'autoritarisme quasi militaire qu'il avait à subir dans le cadre scolaire. En outre, n'ayant aucun autre point de référence, le jeune Toshiaki envisageait son avenir à Maruta Denki K.K comme le terrain naturel d'accomplissement de sa destinée qu'il n'envisageait que grandiose.

Le couple MARUTA avait aussi une fille, leur deuxième enfant, Yoshiko, maintenant âgée de trente-trois ans, qui lui avait donné deux petits-enfants de neuf et huit ans ; deux petites filles adorables, qui l' adoraient et qu'il adorait. Leur fils aîné Junichiro leur avait aussi donné deux filles, et là encore la destinée future de la famille reposait sur le cadet Toshiaki. Nul doute que ce garçon de robuste constitution ne donne naissance un jour à la cinquième génération de patrons de Maruta Denki K.K.

Mr MARUTA s'estimait être un homme comblé et il marchait le coeur serein vers un rendez-vous avec son principal et en fait unique client, le groupe Yotsuyo Industries, dont le président Mr HYAKKOKU assumait la charge pour la quatrième génération également. Littéralement, *hyaku* signifie cent et *koku* boisseau (ancienne mesure de riz). Les HYAKKOKU, cent boisseaux donc, une vieille famille de samouraï, tiraient vraisemblablement leur nom directement de la quantité de riz qu'ils étaient autorisés à prélever sur les récoltes dans les villages dont ils assumaient la bonne marche à titre de rémunération de leur fidélité à leur suzerain.

La famille HYAKKOKU venait d'une zone proche de Takarazuka, au nord-ouest d'Osaka, dont la localité principale s'appelle Kawanishi, et avait fait ses débuts dans l'industrie à la même époque que le grand-père de Mr MARUTA. Devenu le groupe Yotsuyo Industries après la deuxième guerre mondiale, la famille HYAKKOKU avait montré une fidélité indéfectible envers ses fournisseurs, allant même jusqu'à aider l'un d'entre eux quelques années auparavant alors que ce dernier connaissait des difficultés, et sans qu'il existât quelque lien de parenté.

L'aide généreuse mais non dénuée d'intérêt ni d'intérêts du groupe Yotsuyo avait en fait consisté à un apport de fonds en rémunération d'une prise de participation majoritaire dans le capital de l'entreprise en difficulté.

Du côté de l'amont, le grand-père MARUTA avait assuré la pérennité de son entreprise en mariant son petit-fils Kenichi avec la petite-fille de son fournisseur principal, le patron très estimé des honorables tréfileries NISHIDA, une vieille entreprise de Kobe. Mr MARUTA vivait donc une existence sans imprévu dans un monde aux rouages bien huilés et avec un réseau de connections bien établies.

Le rendez-vous d'aujourd'hui allait à n'en pas

douter, porter sur les nouveaux contrats liés à la nouvelle usine du groupe Yotsuyo. Au fait, où était-ce donc, déjà ?

Au fil de ses pensées, ses pas l'avaient porté jusqu'à la gare, et il en avait même oublié d'admirer le long de son chemin les couleurs sublimes des feuillages d'automne. Parmi ses préférés, l'or des ginkgo et l'écarlate des momiji (érable de Japon).

Bien qu'il ne trouvât pas de place assise dans le train à cette heure de la matinée, le temps ne parut pas long à Mr MARUTA jusqu'à la gare de Shin-Osaka. Il était perdu dans ses calculs car il commençait à envisager de s'agrandir lui-même pour faire face à l'accroissement des commandes de Yotsuyo Industries. Il ne fallait surtout pas qu'il déçoive son client en ne sachant pas répondre favorablement et rapidement à sa demande.

Lorsque le taxi qui l'avait chargé devant la gare de Shin-Osaka le déposa devant le nouvel immeuble que Yotsuyo Industries occupait au sein du nouveau parc d'affaires proche du château d'Osaka, le plan de Mr MARUTA était clair et il savait quoi répondre en terme de délais et de prix, et c'est d'un pas ferme et l'oeil vif qu'il grimpa en jeune homme les trois larges marches du parvis.

Les portes vitrées automatiques s'étaient à peine effacées pour lui laisser le passage, que la jeune femme-tronc en uniforme bleu marine et gris préposée à l'accueil se dota de membres inférieurs et se précipita à sa rencontre, démontrant ainsi sa parfaite connaissance de l'étiquette et des égards dus à un visiteur de qualité. Elle le salua d'une courbette déférente et ne se redressa que lorsque Mr MARUTA eut disparu dans l'ascenseur réservé aux visiteurs importants et qui menait sans arrêt intermédiaire aux étages de la haute direction.

C'était la première fois qu'il revenait ici depuis l'inauguration toute récente du nouveau siège social de Yotsuyo Industries, et la splendeur du bâtiment ne laissait pas de l'intimider. Cependant, quelque part, son vieux fond paysan lui disait qu'on aurait pu faire moins cher, sans tous ces marbres, ces vitres fumées, ces laitons immaculés et étincelants .... Enfin, c'était finalement rassurant que le groupe Yotsuyo ait eu les moyens d'assumer une telle dépense, et il ressentait une certaine fierté à se savoir actionnaire du groupe à hauteur de dix-sept pour cent.

La secrétaire qui le salua à la porte de l'ascenseur à l'étage du bureau de Mr HYAKKOKU était vêtue d'un tailleur de très bon goût que son excellent salaire lui avait permis de s'offrir lors d'un tout récent voyage de shopping à Paris et à Milan.

Mr MARUTA eut une brève image d'un séjour là-bas avec Mme MARUTA pour fêter les nouveaux contrats, mais il n'eut pas le temps de se complaire à cette pensée, la secrétaire de Mr HYAKKOKU l'ayant prié de la suivre, son patron ayant fait au visiteur l'honneur immense de le recevoir sans délai.

En suivant la jeune femme, Mr MARUTA s'étonnait de l'aisance de la jeune femme à maintenir son équilibre sur l'épaisse moquette avec ses hauts talons alors que lui-même craignait de se tordre une cheville à chaque pas.

Parvenue devant une vaste porte d'acajou et de laiton, la secrétaire composa un code puis s'effaça devant Mr MARUTA alors que les lourds battants disparaissaient en coulissant dans l'épaisseur de la cloison, dévoilant une autre porte capitonnée de cuir tabac clair. Mr MARUTA allait en pousser le battant, mais celui-ci s'ouvrit de lui-même dans le plus grand silence.

A l'entrée de Mr MARUTA, son hôte se leva souplement d'un profond fauteuil de direction capitonné de la même matière que celle de la porte et s'avança vers lui avec une grâce de danseur. Mr Shigeru HYAKKOKU, bien qu'il accusât à l'état-civil dix ans de plus que Mr Maruta, était d'une sveltesse de jeune homme, et l'élégance naturelle avec laquelle il portait son costume d'un bon faiseur de New York révélait l'aristocrate qu'il était de toutes ses fibres. Mr MARUTA se sentit flatté de faire partie des relations d'un si honorable personnage.

Après de courtoises salutations, entremêlées de remerciements réciproques, Mr Shigeru HYAKKOKU convia Mr Kenichi MARUTA à prendre place en face de lui, dans un confortable fauteuil club en cuir, face à une table basse au plateau de verre fumé sur laquelle la secrétaire déposa un plateau avec du thé vert et du café.

Très courtoisement, Mr HYAKOKU fit le même choix que son visiteur, et attendit que la secrétaire en termine avec le service de leurs cafés. A peine eut-elle privée dont les lauréats ne connaissent jamais le chômage. La naissance quelque peu tardive de Toshiaki, quinze ans plus jeune que son frère aîné, s'expliquait d'ailleurs par l'inquiétude de Mr MARUTA de ne pas avoir de successeur, son fils aîné, après une adolescence calme et studieuse, n'ayant donné aucun signe de développer un jour les qualités qu'on attend d'un meneur d'hommes.

Mr et Mme MARUTA avaient donc soufflé sur les braises d'une passion attiédie et s'étaient donc remis avec succès à l'ouvrage sans autre excès de romantisme ni de passion que l'intérêt bien pensé de la famille et de la collectivité.

En effet, depuis des temps immémoriaux, la famille MARUTA fournissait à la population locale des chefs de village, et lors de leur reconversion de l'agriculture à l'industrie au début du vingtième siècle, elle avait tout naturellement pioché sa main d'oeuvre dans le voisinage. De fait la totalité de son personnel travaillait depuis trois générations à Maruta Denki K.K (K.K étant l'équivalent de S.A).

Pour s'assurer une succession efficace, en homme

disparu par une porte latérale quasi invisible dans le lambris d'acajou, Mr HYAKKOKU remercia à nouveau son visiteur d'avoir pris la peine de se déranger.

Soucieux de ne pas commettre d'impolitesse en portant les débats sur l'ordre du jour avant que son hôte ne le juge bon, Mr MARUTA se composa un visage et une tenue de corps adaptés aux circonstances, ni crispé, ni détendu, neutre et souriant.

Après avoir parlé du temps, puis de la conjoncture économique, Mr HYAKKOKU, lui aussi très souriant demanda :

- J'espère, cher MARUTA-san, que cela ne vous a pas dérangé de venir me voir aujourd'hui ?

- Non, pas du tout, HYAKKOKU-san. C'est toujours un plaisir pour moi que de me tenir prêt.

- Vous m'en voyez flatté, car je souhaiterais vous entretenir des projets de Yotsuyo Industries pour les prochaines années.

- J'en serais honoré ...

- Et bien comme vous le savez, Yotsuyo Industries a projeté la construction d'une nouvelle unité de production.

Mr MARUTA buvait du petit lait et s'efforçait de rester impassible.

- J'ai eu effectivement l'honneur d'en avoir été informé ....

- Peu après la dernière réunion du conseil d'administration, la décision finale a été prise concernant le lieu ....

- Oui ....

- ... et le choix s'est porté sur une province donnant sur la mer du Japon.

- Oui .... mais ne craignez-vous pas que les coûts de transports ne s'en ressentent trop fortement ?

- Je vous sais gré d'aborder vous-même cet aspect des choses. Bien sûr, nous y avons pensé, aussi notre nouvelle unité gérera également la production des bobinages électriques.

- Vous souhaiteriez-donc que moi aussi je déplace mon unité de production ?

- Pour être franc, nous n'allons pas vous demander un tel sacrifice. Nous avons déjà prévu des arrangements avec des fournisseurs locaux.

- Pouvez-vous être plus spécifique.

- Et bien, au printemps prochain, nous arrêtons la production de notre usine du Kansai qui sera remplacée par notre nouvelle usine en Chine.

- En Chine ? Mais vous venez de parler de la Mer du Japon.

- Tout à fait exact, mais du côté chinois.

- Ce qui veut dire .... ?

- A notre grand regret, Yotsuyo Industries ne pourra plus vous confier la sous-traitance de nos bobinages électriques.

- Quel genre de production allez-vous donc me confier ?

- Je suis désolé de devoir vous dire que Yotsuyo Industries ne peut plus travailler avec Maruta Denki K.K.

- Mais ce n'est pas sérieux, nous sommes vos fournisseurs depuis soixante-dix ans.

- Ceci est d'ailleurs au coeur du problème. Pendant ces soixante-dix ans les techniques de Maruta Denki n'ont que très peu évolué.

- Mais la qualité, et la fiabilité, qu'en faites-vous ? Jamais vous n'avez eu une panne sur une de vos machines avec un moteur équipé de nos bobinages.

- C'est tout à fait vrai. Mais les temps ont changé. Quand on veut rester leader sur un marché il faut aussi penser au renouvellement.

- Alors c'est mieux pour vous d'avoir des machines qui cassent pour pouvoir les remplacer plutôt que d'avoir du matériel qui peut durer plus cinquante ans sans la moindre panne ?

- Un autre point sur lequel vous avez une vision erronée et périmée ...

Monsieur HYAKKOKU fit une pause, but une gorgée de café, puis il reprit :

- Personne ne fait plus de prévision industrielle à cinquante ans. Tout va tellement vite qu'il faut penser à renouveler les chaînes de fabrication au bout de six ou sept ans, et souvent moins. Nous fabriquons de plus en plus de machines-outils robotisées tellement spécialisées qu'il coûte moins cher de les changer que de les adapter. Sans parler de les réparer ...

- Mais justement, vous pouvez conserver la partie moteur et ne renouveler que les parties fonctionnelles ....

- N'imaginez pas que nous n'y ayons pas pensé, MARUTA-san. Nous avons examiné plusieurs solutions, partielles et globales, et c'est en pensant au mieux des intérêts de Yotsuyo Industries que nous avons pris cette décision.

- Les intérêts de Yotsuyo Industries ! Et les intérêts de Maruta Denki et de vos autres fournisseurs ? Et les intérêts de mes trois cents employés ? Il fut un temps où c'est Maruta Denki qui a sauvé les intérêts de Yotsuyo !

- Qu'entendez-vous par là ?

- Lorsqu'il a fallu tout reconstruire au lendemain de la seconde guerre mondiale, et que Yotsuyo Industries est reparti de zéro, qui a prêté de l'argent à Yotsuyo ? Qui a fait à Yotsuyo un crédit gratuit sur ses achats pendant trois ans ?

- Ah, vous voulez parler de cette vieille affaire ?

- Votre père n'appellerait pas ça une vieille affaire.

- Laissez mon père tranquille; vous savez bien qu'il ne peut plus se souvenir de quoi que ce soit.

- Moi je me souviens et j'appelle ça une dette d'honneur, un *giri*.

- Allons MARUTA-san, ne soyez pas ridicule, nous sommes dans une époque moderne. De plus, les dettes ont été remboursées. Il va également sans dire que votre fortune s'est faite sur les marges de vos ventes à Yotsuyo Industries. En outre, votre apport financier n'était pas dénué de tout intérêt puisqu'à l'époque il s'est agi d'une prise de participation en capital de quarante-cinq pour cent.

- Quarante-cinq pour cent qui sont passés à dix-sept consécutivement à vos augmentations successives de capital ...

- Mais dont vous avez tiré des dividendes substantiels pendant plus de trente ans. Avec quoi avez-vous donc pu vous faire construire une maison ?

- Il est vrai que le salaire que je tire de mon entreprise sur les faibles marges qu'il me reste pour me ranger à vos prix ne me l'aurait pas permis.

- Et en ce qui concerne le crédit de trois ans sur l'achat de votre production, c'est une opération qui vous a permis d'assurer la fidélité de la clientèle de Yotsuyo Industries.

- Mais sans cela Yotsuyo Industries serait mort.

- Valable également pour Maruta Denki.

- Vous n'avez aucune morale.

- C'est donc manquer de morale que de vous dire

que l'aide passée de Maruta Denki à Yotsuyo Industries était loin d'être désintéressée ?

- J'en suis tristement persuadé.

- Sachez MARUTA-san que ça fait plus de dix ans que je me bats auprès de mon conseil d'administration pour qu'on vous garde comme fournisseur, en dépit de tout ce que cela nous a coûté .

- Et cet immeuble, ce luxe insensé, il vous a certainement coûté beaucoup plus.

- C'est le résultat d'une spéculation immobilière. Avec l'effondrement de la bulle financière, le terrain est retombé au dixième de sa valeur d'achat, plus assez pour garantir nos remboursements. Vous voyez que nous avons des raisons de resserrer nos coûts.

- Mais pas comme ça. De toute façon nous avons un contrat qui porte encore su plus de deux années. Mon avocat .....

- Avant de nous traîner en justice, assurez vous que vous gagnerez vraiment le procès. Et même dans ce cas, cela vous prendra des années avant d'avoir éventuellement gain de cause et cela vous coûtera des fortunes en honoraires d'avocats. Sans parler de la mauvaise image que vous aurez d'être en litige avec un groupe comme Yotsuyo Industries.

- Vous avez réponse à tout, mais je n'ai pas dit mon dernier mot, HYAKKOKU-san.

- Moi je vous dis le mien : adieu MARUTA-san.

En appuyant sur une touche d'interphone dissimulée sous le bord de la table basse :

- ODA-san ? Veuillez raccompagner MARUTA-san.

Mais déjà Mr MARUTA s'était levé et avait ouvert le battant capitonné et passé la lourde porte de bois. La secrétaire eut un choc en voyant la pâleur du visage de Mr MARUTA et elle craignit qu'il ne fit un malaise. Elle le fit asseoir sur un des canapés destinés aux visiteurs en attente puis elle lui apporta un verre d'eau. Elle appela sa propre secrétaire, la très effacée Melle SATO qui arriva aussitôt. Elle lui dit sans explication aucune d'appeler un taxi pour Mr MARUTA et de l'accompagner jusqu'à la sortie.

La jeune femme attendit que Mr MARUTA ait retrouvé des couleurs et elle appuya sur le bouton d'appel de l'ascenseur. Le tintement de la sonnette quand la cabine arriva à l'étage sembla ramener Mr

MARUTA à la réalité présente. Melle SATO tint cependant à l'aider et elle descendit avec lui et ne le laissa que lorsqu'un taxi s'arrêta devant le perron de l'immeuble. Elle prit le temps de le voir s'installer sur la banquette arrière et ne remonta dans son bureau qu'après avoir vu le taxi se perdre dans la circulation et disparaître après le tournant de l'avenue.

Pendant ce temps, Mr HYAKKOKU avait rappelé Melle ODA et il lui confia une cassette contenant l'enregistrement de sa conversation avec Mr MARUTA.

- Faites un double de ceci et préparez une lettre à NAGAO-sensei,. Envoyez-lui la copie de la cassette, puis classez l'original avec le double du courrier d'envoi dans mes archives personnelles.

Ceci signifiait qu'aucun double ne devait figurer dans les archives officielles de l'entreprise. Sans un mot ni la moindre expression sur son visage, Melle ODA prit la cassette et la mit dans un tiroir fermant à clé de son bureau après y avoir collé un papillon blanc annoté en rouge "à copier" suivi de "courrier 1 + 1 pour Me NAGAO", ce dernier étant l'avocat conseil attitré de la famille HYAKKOKU.

Elle attendit le retour de Melle SATO, puis sortit la cassette de son tiroir et lui confia le travail, puis elle descendit déjeuner dans un des restaurants du sous-sol de l'immeuble de Yotsuyo Industries.

Pendant ce temps, lorsque Mr HYAKKOKU fut sorti lui aussi pour déjeuner, dans son bureau contigu à celui de Melle ODA, Melle SATO fit une copie à haute vitesse de la cassette. L'opération ne lui prit que deux minutes, puis elle la renouvela. Ensuite elle plaça cette seconde copie dans son sac à main et se mit à l'ouvrage pour rédiger la lettre d'envoi au Cabinet Nagao Lawyers. Elle plaça l'original et le double dans un classeur qu'elle remettrait en mains propres à Melle ODA à son retour de déjeuner avec les deux exemplaires de la cassette, l'original et la copie demandée, sur lesquelles elle apposa une étiquette avec la date et le l'indication du contenu : 5 Octobre 1.988, Maruta Denki KK.

Elle plia soigneusement et mit dans son sac à main le troisième exemplaire de la lettre qu'elle avait reproduit au photocopieur afin que le disque dur de son ordinateur ne garde la trace de l'impression que de deux exemplaires , puis attendit sagement le retour de Melle

ODA pour déjeuner à son tour d'un *bento* préparé par sa mère et qu'elle prit comme chaque jour sans quitter son bureau..

Ainsi, la vie suivait son cours à Yotsuyo Industries.

Pendant ce même temps, dans le taxi qui le remmenait jusque chez lui, ballotté entre des phases d'abattement et des bouffées d'indignation vindicative, Mr MARUTA donnait bien du souci au chauffeur du taxi qui en son fors intérieur désapprouvait l'alcoolisme aux heures diurnes. Il jetait de fréquents coups d'oeil dans son rétroviseur intérieur à ce monsieur échevelé, à la cravate marquant quatre heures quarante et au visage empourpré qui haletait sur sa banquette arrière comme un poisson jeté au fond d'une barque.

Livre 1

Chapitre 2

Quelques jours plus tard, qu'il passa le plus clair de son temps à son usine enfermé dans son bureau avec Maître FUJIMURA, avocat d'affaires réputé, et sans le moindre contact avec ses collaborateurs, et non sans avoir demandé à sa secrétaire, Melle ONISHI, de ne le déranger sous aucun prétexte, Mr MARUTA élaborait le plan de sa contre-attaque.

Il allait faire le dos rond pour un temps, l'échéance n'étant qu'à vingt-huit mois, en assurant la production et la livraison des commandes à Yotsuyo Industries dans les délais impartis.

Par contre, il profiterait de la prochaine assemblée générale des actionnaires de Yotsuyo Industries, lors de la publication des résultats au printemps suivant, pour faire une intervention, droit tout à fait légitime pour le premier actionnaire de Yotsuyo Industries. Il espérait ainsi déclencher un mouvement de protestation parmi les principaux porteurs, mouvement destiné à créer une majorité qui pourrait dicter ses conditions à la famille

HYAKKOKU.

Et si par malchance cette manoeuvre ne fonctionnait pas dans le sens de ses espérances, il lui resterait la possibilité de mettre en vente son portefeuille d'actions de Yotsuyo Industries, opération qui créerait nécessairement des remous sur les marchés mais qui lui rapporterait au final une somme suffisamment importante pour faire face à de nouvelles destinées pour Maruta Denki KK, sans avoir à recourir au moindre licenciement.

Et c'est ainsi que Mr Kenichi MARUTA reprit contact avec la vie normale, au grand soulagement de son personnel. Sans parler de son épouse, la très douce Hanako, qui s'inquiétait en silence de lui voir perdre le boire, le manger et le dormir. Elle ne posa aucune question, puisant dans son grand coeur et sa bonne éducation les forces indispensables et la patience pour attendre la fin de ce qu'elle croyait un simple orage.

Livre 1
Chapitre 3

Pour être dans une forme optimale lors du grand jour, Mr Kenichi MARUTA s'était remis à une activité physique régulière et se rendait au golf aussi souvent que les agendas de ses relations le leur permettaient. Au début, ses partenaires, tous comme lui actionnaires de Yotsuyo Industries, montraient une disponibilité certaine et rapide. Mais à l'approche de la date de l'assemblée générale, il éprouvait de plus en plus de difficultés à obtenir des rendez-vous et cela commençait même à être difficile d'entrer en contact. Tout à son optimisme quant à la réussite de son plan, Mr MARUTA mettait cela sur le fait que ses amis et relations en avaient certainement assez de le laisser gagner, par respect vis à vis de sa position d'actionnaire principal de Yotsuyo Industries, alors qu'il était, de son propre aveu, un piètre golfeur.

Néanmoins, par hygiène, mais surtout dans l'espoir de rencontrer quelqu'un de connaissance au club-house, il continuait de se rendre à son club deux fois par semaine, pour le plus grand plaisir de sa femme qui appréciait de le voir entretenir sa forme physique.

Le jour dit, dans le plus majestueux salon d'un grand hôtel d'Osaka, Mr Kenichi MARUTA trônait au centre de la première rangée de fauteuils rouges.

Il était venu seul car au dernier moment, son avocat, Maître FUJIMURA, avait dû se décommander, convoqué inopinément pour une séance au tribunal. Un instant contrarié, Mr MARUTA n'avait finalement vu dans cette défection de dernière minute aucun obstacle majeur, tout étant bien rôdé.

Tout à son optimisme, Mr MARUTA, arrivé le premier, n'avait pas pris ombrage du fait que personne d'autre ne s'asseyait près de lui, et qu'à part lui-même au centre, le premier rang n'était occupé qu'à ses deux toutes extrémités. Quelques coups d'oeil à droite et à gauche l'avaient rassuré, et conforté dans son idée qu'il s'agissait d'une marque particulière de déférence envers lui, Kenichi MARUTA, par les respectueuses inclinaisons de tête qu'il recevait en réponse à ses propres salutations.

Au bout d'un temps qui lui parut infiniment long, le rideau se leva et le porte-parole de Yotsuyo Industries se dirigea vers le pupitre et commença son discours par les salutations et les remerciements d'usage. S'ensuivit l'usuelle et fastidieuse énumération des succès commerciaux, financiers et économiques du groupe. On y alla même cette fois-ci de la projection d'un court métrage en anglais d'une vingtaine de minutes, destiné à impressionner de nouveaux partenaires hors de l'archipel.

Mr MARUTA voyait sans voir, tandis que des écouteurs diffusaient dans ses oreilles inattentives le texte de la version en japonais. Il était concentré sur son intervention, proche il l'espérait, du moins aussitôt que l'on inviterait l'assistance à formuler d'éventuelles questions.

Le porte-parole revint au centre de l'estrade et s'étendit sur les perspectives de développement du groupe et les moyens d'y arriver.

Mr MARUTA était sur un nuage, tout à répéter le texte de l'allocution qu'il avait préparée. Il ne prit pas garde à la partie de l'exposé consacrée à l'affectation des résultats, mais retrouva toute son attention aussitôt que débuta le chapitre consacré aux projets de nouvelles implantations étrangères de Yotsuyo Industries.

Il parvint à se contenir toute la demi-heure que dura le monologue du présentateur, mais se dressa comme d'un bond dès que le porte-parole pria ceux qui souhaitaient ajouter quelque chose ou poser des questions de bien vouloir venir le rejoindre.

Ce n'est que lorsque Mr MARUTA se retrouva derrière le pupitre, face à l'assistance qu'il prit conscience du silence de bibliothèque qui régnait dans la salle. Personne ne bougeait, hormis quelques hommes de la sécurité qui semblaient s'être rapprochés de l'estrade.

Un instant impressionné par tous ces regards convergeant sur sa personne, Mr MARUTA prit une inspiration et commença sa diatribe. Partant de sa propre expérience et du destin à lui préparé par Yotsuyo Industries, Mr MARUTA invita les principaux porteurs d'actions à le rejoindre dans une grève de la signature dans le but d'empêcher les dirigeants de Yotsuyo

Industries de continuer à traiter les actionnaires comme un troupeau passif sans autre alternative que l'approbation soumise des comptes.

Ce disant, Mr MARUTA cherchait dans l'assistance ses partenaires de golf, qu'il pensait convertis à sa cause sans jamais, par souci d'éviter toute fuite, leur avoir fait part de quoi que ce soit. Les quelques regards qu'il rencontra se détournèrent aussitôt, sauf celui de Mr HYAKKOKU, près duquel se tenait assis dans la plus apparente décontraction, Me FUJIMURA l'avocat de Mr MARUTA.

Mr MARUTA en eut un instant le souffle coupé, et défaisant sa cravate, geste machinal dénotant chez lui la plus grande nervosité, il se laissa aller à la colère index pointé sur Mr HYAKKOKU. Ce dernier se contenta d'un geste, et aussitôt quatre costauds en costume gris anthracite cravate noire et crâne rasé escaladèrent l'estrade au pas de charge et s'emparèrent d'un Mr MARUTA gesticulant, puis le portèrent manu-militari à l'extérieur du salon. Ils le confièrent au personnel de l'hôtel au prétexte d'un malaise et retournèrent à leur rôle de chiens de garde.

Quarante minutes plus tard, Mme MARUTA était au chevet de son mari, qu'on avait étendu sur un vaste lit d'une chambre de première catégorie. Il était habillé mais on avait pris soin de lui retirer ses chaussures, maintenant soigneusement disposées sur la tablette prévue à cet effet dans l'entrée de la chambre.

Craignant le pire, Mme MARUTA fit venir un médecin qui la rassura sur la solidité de son mari, mais qui lui conseilla de le tenir quelques jours à la maison en lui évitant soucis et déconvenues. En bonne épouse, Mme MARUTA donna sa parole, sans savoir elle-même ce qui s'était passé.

Le médecin fit appeler une ambulance qui ramena les époux MARUTA à leur logis, où déjà les attendait une infirmière à domicile. Celle-ci avait même fait apporter un lit pliant afin de rester près de Mr MARUTA à toute heure de la nuit comme du jour.

Epuisé par les incidents de la matinée et endormi par les sédatifs que lui avait fait prendre le médecin, Mr MARUTA passa deux jours dans une semi-inconscience cotonneuse.

Le surlendemain, une délégation de ses directeurs

vint lui rendre visite, et il fit l'effort de les recevoir, assis dans un des profonds fauteuils du salon. Il les rassura, prétextant un malaise dû à la chaleur exceptionnelle de ce printemps, leur promettant que tout allait bien et qu'il les rejoindrait à l'usine au plus tard au début de la semaine prochaine. D'ailleurs ils voyaient bien qu'il n'était pas hospitalisé, n'est-ce pas .....

La délégation partie, Mr MARUTA resta un moment dans son fauteuil à se remémorer l'avant-veille. Les yakuza, comment n'y avait-il pas pensé ? C'était une pratique courante désormais que de louer leurs services afin d'assurer l'approbation des actionnaires, mais jamais il n'aurait pensé que HYAKKOKU tombe aussi bas. Et que dire de FUJIMURA ? Etait-ce HYAKKOKU qui avait corrompu son avocat, ou FUJIMURA qui de lui-même avait essayé de tirer monnaie de ce qu'il savait sur les préparatifs de contre-attaque de MARUTA ?

Autant de questions sans réponse qui le taraudaient, bien qu'il sût que cela ne lui servirait à rien. Il ne lui restait plus qu'à vendre ses actions de Yotsuyo Industries avec le secret espoir que cette vente massive provoquerait un vent de panique qui emporterait Yotsuyo

Industries dans son sillage. Ses spéculations vengeresses lui apportèrent sinon le calme du moins le sommeil.

Il dormait toujours lorsque sa fille, Yoshiko, entra dans la pièce. Alertée par sa mère, elle était venue aussitôt qu'elle avait pu arranger la garde de ses deux filles avec sa belle-mère qui habitait à proximité. Son mari, cadre technique ans une grande multinationale, pour sa part était fort soucieux, non seulement de l'état de santé de son beau-père, mais aussi en raison des nouvelles diffusées sur plusieurs chaînes de télévision, nationales et régionales.

Hanako MARUTA réveilla son mari avec toute la douceur dont elle était capable, et lui prépara une tasse de thé, ainsi que pour sa fille et elle-même. Mr MARUTA fut très heureux de la visite de sa fille, à qui il assura qu'il se sentait tout à fait bien désormais et qu'il serait prêt à aller au travail dans les jours qui suivaient.

Personne n'osait lui poser de questions sur le déroulement de la séance de l'avant-veille au matin, d'une part parce qu'il n'avait jamais évoqué le moindre sujet professionnel devant les femmes de sa maison, et d'autre part parce que toutes deux sentaient bien que c'était un sujet à éviter.

La conversation roula sur les petites filles, et Mr MARUTA y prit sincèrement intérêt. Au moins, la famille restait une valeur sûre. Il s'extasia sur les photos comme s'il n'avait pas vu ses petites-filles depuis des lustres alors qu'elles venaient tous les mois depuis leur lointaine Fukuoka. L'infirmière, mise à contribution y alla aussi d'une kyrielle de *kawai*, *kawai* (mignonne) et entra dans la discussion comme une vieille parente.

Semblant profiter de cet apparent relâchement dans la surveillance dont il faisait l'objet à chaque instant, Mr MARUTA s'extirpa de son fauteuil en annonçant qu'il se rendait aux toilettes. En chemin, il entrevit par la porte de la cuisine entrebaillée la lueur d'un téléviseur. Oubliant l'appel de la nature, Mr MARUTA entra dans la cuisine, lieu dont il connaissait mal la conformation. Néanmoins la télé y était facilement repérable, et on y repassait en boucle un programme d'actualités de dernière minute. Mr MARUTA y prêta l'oeil et l'oreille, et son attention se concentra lorsque le présentateur lut une dépêche d'agence pour laquelle aucune image n'était encore disponible.

En l'occurrence, on parlait de la faillite et du rachat pour une bouchée de pain du groupe régional Yotsuyo Industries. La chute de l'action à moins de cent yens l'unité avait provoqué un mini-typhon sur le marché de Tokyo, typhon bien vite calmé par les annonces lénifiantes des organismes régulateurs et des grands cabinets de courtiers en bourse.

En clair, Mr MARUTA était non seulement ruiné, mais son entreprise n'avait plus aucun client et devrait fermer ses portes dans les jours qui suivent. Le pire du pire s'était produit, et Mr MARUTA respirait bruyamment, la bouche grande ouverte, le dos contre la porte de la cuisine, une main à sa gorge pour desserrer une cravate absente et l'autre crispée sur la poignée de porte.

Quelque chose lâcha en lui et il glissa sur le sol comme une poupée de chiffon.

L'infirmière le trouva quelques minutes plus tard et le palpa d'une main experte pour déterminer si c'était une ambulance ou un corbillard qu'il convenait d'appeler.

Moins de trente minutes plus tard, Mr MARUTA était admis aux urgences d'un grand hôpital privé d'Osaka, victime d'une rupture d'anévrisme, qui, aux dires des médecins, ne le laisserait pas sans séquelles.

Livre 1

Chapitre 4

Le lendemain de l'attaque cérébrale de Mr MARUTA, en fin d'après-midi, Mme MARUTA se trouvait à la maison, occupée à rassembler des affaires pour son mari lorsque la sonnette retentit. Machinalement Mme MARUTA établit le contact par interphone, pensant que c'était la livraison des pyjamas neufs qu'elle avait commandé peu avant au grand magasin Daimaru. Elle se devait d'assurer à son mari une présentation impeccable en toute situation.

Une voix de femme lui répondit, à la limite de l'audible. Etonnée qu'aux Grands Magasins Daimaru on emploie des femmes pour les livraisons, bien que l'urgence de sa commande ait pu justifier le déplacement d'une des vendeuses, Mme MARUTA appuya sur le bouton d'ouverture du portail et descendit à la rencontre de la livreuse. Elle fut surprise de se trouver face à une personne bien mise mais modeste, d'une allure honnête et discrète, mais ne portant pas de paquet, qui après s'être présentée poliment lui demanda à rencontrer Mr

MARUTA son mari.

Mme MARUTA lui répondit brièvement que son mari venait d'avoir un malaise grave et qu'il était hospitalisé. A la grande surprise de Mme MARUTA, la jeune femme s'écroula sur les marches en répétant à travers ses sanglots :

- Oh non, j'arrive trop tard, j'arrive trop tard !

Interloquée, Mme MARUTA courut chercher la femme de ménage, et à elles deux elles soutinrent la jeune femme jusqu'au perron et la firent entrer après lui avoir ôté ses chaussures.

Pendant que la femme de ménage préparait du thé, Mme MARUTA pressa un linge humide sur le visage et les mains de la jeune femme. Ce faisant Mme MARUTA remarquait combien son maquillage était ténu et que la peau très pâle était presque transparente. Elle se sentit monter une tendresse de grande soeur et jamais son grand coeur ne lui laissa penser qu'une si frêle jeune femme pouvait apporter quoi que ce soit de mauvais.

Mme MARUTA laissa la jeune femme boire une tasse de thé et la pria de bien vouloir l'excuser, mais elle devait partir à l'hôpital rejoindre son mari; elle comptait y passer la nuit et le plus clair des jours et des nuits à venir. La jeune femme l'assura qu'elle comprenait tout à fait et elle s'excusa d'être arrivée ainsi, mais que vraiment elle avait des choses importantes à dire à son mari.

Mme MARUTA lui demanda de laisser un numéro où on pouvait la joindre et promit de la contacter au plus tôt. Elle proposa également à la jeune femme de se reposer ici un moment, le temps qu'elle-même termine ses préparatifs, et ensuite de lui commander un taxi pour la déposer à la gare lorsqu'elle-même partirait pour l'hôpital.

Mr MARUTA sortit de son coma trois jours après, et, s'il ne parvenait à s'exprimer, il sembla reconnaître sa femme et sa fille, ainsi que ses fils. Le médecin les rassura quant au pronostic vital mais resta évasif sur les logiques lésions cérébrales possibles et leurs séquelles probables. Cela pouvait aller de simples pertes de mémoire à la paralysie intégrale, quoique les quelques mouvements désordonnés dont Mr MARUTA faisait montre sporadiquement puissent donner à croire que cette dernière hypothèse n'était pas celle à privilégier.

En femme au caractère terrien, Mme MARUTA aimait les choses franches et directes, et surtout exprimées simplement.

Les circonlocutions verbales des médecins l'énervaient et s'il lui fallait devenir pousse-charrette pour un légume, elle le deviendrait, pourvu qu'on le lui dise sans détour.

La période précédant l'attaque de son mari avait été difficile à vivre pour elle, car depuis plusieurs mois elle voyait bien que quelque chose s'était produit. Mais il y avait belle lurette qu'ils n'étaient plus les jeunes mariés d'autrefois et qu'elle ne pouvait plus lui tirer les vers du nez, l'air de rien, comme si elle voulait le soulager de ses soucis. Pourtant, si elle devait prendre en charge les choses de la maison et de la famille, il y avait des choses qu'elle devait savoir. Sans parler d'une possible régence pour l'entreprise, le jeune Toshiaki ayant encore une année universitaire à accomplir.

C'est à ce moment que Mme MARUTA se souvint de la visite de la jeune femme fragile. Elle jeta un coup d'oeil à son mari qui semblait dormir paisiblement, attrapa son sac à main et en sortit une carte de visite au nom de Hiroko SATO. Puis, Mme MARUTA sortit de la chambre et se dirigea vers un des téléphones publics dont l'hôpital était abondamment équipé et composa le numéro. Au ton de la personne qui répondit, Mme MARUTA comprit tout de suite que la jeune femme était occupée, et décida de rappeler une vingtaine de minutes plus tard comme on le lui avait proposé.

Finalement, toutes deux convinrent de se rencontrer dans un des cafés situés au rez-de-chaussée du bâtiment annexe de l'hôpital le lendemain, samedi, vers midi.

Au jour dit et à l'heure convenue, Melle SATO était là, toujours sobrement vêtue. Elle se leva et quitta poliment la table où elle s'était installée pour accueillir Mme MARUTA lorsque celle-ci entra dans le café.

- Comment va Mr MARUTA ?

- Merci beaucoup de votre sollicitude. Les médecins affirment que sa vie n'est plus en danger mais ils ne peuvent pas dire s'il aura beaucoup de séquelles ni lesquelles.

- Je vous souhaite sincèrement qu'il se rétablisse au plus vite.

- Merci Mademoiselle, SATO, c'est bien ça ?

- Oui, je m'appelle Hiroko SATO. Je travaille au siège de Yotsuyo Industries ...

Madame MARUTA eut un sursaut.

- Non Madame, ce n'est pas eux qui m'envoient .

- Pouvez-vous m'expliquer ....

- Voilà, je venais seulement avertir votre mari de ce qui se préparait contre lui, et je lui apportais quelques documents.

- Mademoiselle, je ne comprends rien à toute cette histoire.

- Vous savez sans doute que Yotsuyo Industries est, enfin était, le principal, sinon l'unique client de la firme de votre mari, Maruta Denki KK.

- Oui, ce n'est un secret pour personne.

- Ce que vous ne savez peut être pas, c'est que malgré de longues relations commerciales, Yotsuyo Industries avait décidé de se passer des services de Maruta Denki KK pour produire à moindre coût en Chine.

- Oh ! C'est donc pour ça que mon mari semblait si

soucieux.

- Ça ne fait aucun doute. Or, il se trouve que votre mari n'a pas accepté la chose aussi facilement que Yotsuyo Industries l'escomptait. En fait, en tant que premier actionnaire du groupe, avec dix-sept pour cent du capital de Yotsuyo, votre mari avait des moyens de pression qui pouvaient mettre en danger la survie même de Yotsuyo Industries.

- Et mon mari a fait quelque chose contre Yotsuyo ?

- Il s'y apprêtait, par les moyens légaux à sa disposition, avec l'appui de son conseiller juridique, Maître FUJIMURA. Or, Yotsuyo a acheté les services de Me FUJIMURA et a ainsi connu tout le plan de votre mari.

- Et ce plan consistait en quoi ?

- D'abord votre mari voulait créer au sein des principaux actionnaires un mouvement pour contrer Yotsuyo Industries. Le but était qu'un maximum d'actionnaires se rassemblent pour former une minorité de blocage et refusent d'"approuver le projet de délocalisation. Ce plan a échoué car Yotsuyo Industries a loué les services d'un gang de yakuza pour faire taire les actionnaires.

- Des yakuza ?

- Oui, le monde des affaires est loin d'être propre. Donc ils ont expulsé votre mari de la salle de l'assemblée des actionnaires. Ensuite, comme ils craignaient que votre mari mette massivement en vente ses actions Yotsuyo Industries, avec la complicité d'une grande maison de courtage et quelques dessous de table à des personnes bien placées, ils ont dissout Yotsuyo Industries en le déclarant en faillite et le faisant racheter par un groupe étranger acquis à la famille HYAKKOKU..

- Mais, ces actions de Yotsuyo Industries détenues par mon mari, ça fait beaucoup d'argent ?

- Ça faisait plusieurs centaines de millions de yens.

- Pourquoi dîtes-vous ça faisait ?

- Parce que ça ne fait pratiquement plus rien après l'opération de sabordage conduite par la famille HYAKKOKU.

- Vous voulez dire que nous avons perdu tout cet argent ?

- Oui, Madame, vous êtes ruinés.

- Mais nous avons l'usine et la maison .

- Oui bien sûr, et vous pouvez toujours vendre les constructions et les terrains, mais Maruta Denki KK n'a plus de clients, donc plus de travail. Vous ne pouvez plus garder votre personnel non plus..

Hanako MARUTA était une femme solide, mais ce flot de nouvelles catastrophiques la submergeait comme un tsunami. Ce fut au tour de Melle SATO de lui prendre la main.

Elle appela la serveuse pour commander du thé. Dans ce café du rez-de-chaussée de l'hôpital la jeune fille du service avait l'habitude de voir des gens s'effondrer, aussi elle n'accorda pas d'attention particulière aux deux femmes.

Quand Mme MARUTA fut un peu remise, sa tête commença à travailler à toute vitesse pour organiser sa nouvelle vie et celle de sa famille.

- Mais vous, SATO-san, vous m'avez bien dit que vous travaillez pour Yotsuyo Industries, n'est-ce-pas ?

- Oui, j'y suis depuis presque dix ans, et comme assistante de la secrétaire de Mr HYAKKOKU depuis bientôt trois ans.

- Je ne comprends pas bien votre position et encore

moins les raisons de votre démarche.

- Vous allez comprendre, MARUTA-san, et vous verrez que mon histoire ressemble beaucoup à celle de votre famille. J'étais entrée à Yotsuyo Industries à la sortie de mon école spécialisée, sur recommandation car mon père avait un atelier de mécanique, Yoshida Mecanics KK qui travaillait pour Yotsuyo Industries. Il s'est passé la même chose que pour votre mari, avec la différence que les choses ont été beaucoup plus simples pour Yotsuyo Industries. Ils ont arrêté une collaboration qui datait de l'après guerre tout soudainement, et comme Yotsuyo Industries était l'unique client de mon père, il a dû renvoyer la cinquantaine de personnes qui travaillaient avec lui.

- Ça s'est passé à quelle époque ?

- Ça fait un peu plus de douze ans. Criblé de dettes et malade de honte, mon père s'est suicidé.

- Oh, ma pauvre petite ! Et votre maman ?

- En fait mes parents étaient séparés depuis que j'avais une dizaine d'années. Je vivais avec ma mère mais ça ne m'empêchait pas de voir mon père très régulièrement, mais pour l'état-civil j'avais repris le nom de ma mère. D'autant plus simple que je vis toujours avec elle. Je n'ai eu aucun mal à obtenir un poste à Yotsuyo Industries et personne n'a fait le rapprochement avec l'entreprise de mon père et je n'ai pas été inquiétée. J'en voulais beaucoup à Yotsuyo Industries pour la faillite et la mort de mon père, mais je devais ravaler mes sentiments car c'est moi qui devenait le soutien de notre famille. J'avais donc besoin de mon salaire aussi j'ai continué à Yotsuyo Industries en espérant une occasion de leur faire payer ce qu'ils nous ont fait.

- Comme vous avez dû souffrir de continuer à côtoyer les responsables de votre malheur.

- En fait, je ne voyais pas beaucoup le PDG, HYAKKOKU-san, jusqu'au jour où j'ai eu une promotion et que je suis devenue assistante de sa secrétaire particulière.

- Vous avez essayé de vous venger ?

- Je vous avoue que dès le jour où j'ai pris mon nouveau poste je suis venue avec en permanence un couteau dans mon sac.

Je m'imaginais que je serais capable de sauter sur Mr HYAKKOKU pour lui trancher la gorge. Mais je ne suis pas d'une nature agressive, et je devais penser à ma mère, alors j'ai renoncé à ce projet.

- Je crois que vous avez bien fait, SATO-san.

- Moi aussi je le crois, mais je n'ai pas abandonné mes idées de vengeance. J'ai décidé de profiter de ma position pour apporter mon aide le jour où Yotsuyo Industries tenterait la même chose à l'encontre d'un autre de leurs fournisseurs et essayer d'intervenir pour les en empêcher..

- Je comprends maintenant pourquoi vous disiez que vous êtes arrivée trop tard, quand vous êtes venue à la maison l'autre jour .....

- Oui, je ne pensais pas que la famille HYAKKOKU réagirait aussi vite, ni surtout que ce serait aussi rapidement communiqué aux médias.

- C'était donc pour préparer mon mari que vous vouliez le voir.

- C'est tout à fait ça. En fait, mon fiancé est un jeune avocat et il m'aide beaucoup. Il me soutient moralement et il a constitué un dossier juridique qui contient des doubles de documents internes à Yotsuyo Industries que je lui ai procurés.

Il est persuadé que si nous pouvons prouver la collusion entre les dirigeants des organismes régulateurs des marchés boursiers, les compagnies de courtage et Yotsuyo Industries, nous avons une chance de pouvoir faire connaître le scandale et d'obliger Yotsuko Industries à réparer.

- Mais ça n'est pas dangereux ?

- Ça peut le devenir. C'est la lutte du pot de terre contre le pot de fer, aussi aucune attaque ne sera portée de front. Les documents seront envoyés aux médias au compte-goutte et anonymement.

- Mais à Yotsuyo Industries on peut savoir que c'est vous.

- C'est vrai mais c'est un risque à prendre. De toute façon l'ancien chef du personnel qui avait procédé à mon recrutement est depuis longtemps parti en retraite et décédé. Et comme je faisais partie de ce service lors de la mise des fichiers sur ordinateur je sais qu'aucune trace de ma filiation ne subsiste dans les dossiers de Yotsuyo Industries.

- Quand même, faites attention à vous, SATO-san.

- Prenez bien soin de votre mari, MARUTA-san.

Elles ne devaient pas se rencontrer à nouveau avant longtemps.

Livre 2
Chapitre 1
Automne de l'année dernière

L'homme qui est assis en face de moi, sur la banquette placée de l'autre côté de la table basse dans le petit salon où je reçois habituellement mes visiteurs, me fait irrésistiblement penser à un joueur de rugby en attente sur le banc des remplaçants. Il est impressionnant de carrure et de stature.

Il s'exprime avec autorité, sans fioritures de langage mais sans brusquerie non plus. Sa voix est posée, un peu rocailleuse, et il parle sur des tons de basse profonde qui laissent deviner que son taux de testostérone ne doit rien au dopage. Il est vêtu d'un pantalon de fine laine grise et d'un blaser croisé fort bien coupé dans une soie épaisse d'un bleu sombre et discret. La cravate gris souris aux fines rayures rouge-bordeaux en oblique lui donne une touche soignée que je lui envie, ayant plutôt tendance moi-même, quoi que je vête, à ressembler à un lit défait.

Mes banquettes sont aux normes japonaises, ce qui

met leur assise presque dix centimètres plus bas que les canapés made in ouest. Pour moi qui suis un peu court des gambettes ça me convient assez, mais les gens plus haut perchés éprouvent en général un certain mal à disposer leurs membres inférieurs dans une posture décente sans que leurs genoux viennent leur cacher le paysage.

Mon interlocuteur a choisi de se placer les fesses à l'angle extrême de la banquette, et il se tient penché en avant, tête relevée pour pouvoir me regarder, les avant-bras sur les cuisses légèrement écartées et les mains en nacelle autour d'un ballon imaginaire. Inconsciemment j'ai adopté la même posture, et ne serait-ce les banquettes, on pourrait nous croire prêts à nous affronter dans une passe de sumo.

En fait, notre rencontre n'a rien d'inamical, mais il y a une certaine tension. Je me doute bien que le quidam ne se sent pas dans une forme olympique, (pas très) frais débarqué du matin par un vol direct Paris - Osaka. De plus, il a filé tout de go à son hôtel à Osaka et il n'a pris que le temps d'une douche avant de sauter dans un taxi qui l'a amené à mon bureau après un petit coup de fil pour s'assurer que je pouvais le recevoir illico.

Donc, je sens le monsieur un peu fatigué, normal après un vol sans escale de plus de treize heures et un décalage horaire qui le met vers les deux heures du matin en France. Mais surtout, je sens quelque chose en filigrane, et je me demande si ce grand balaise ne va pas tout à coup se mettre à pleurer.

J'ai eu une fois à renflouer une gentille québécoise en perdition, à la carrure de hockeyeur (équipement inclus) et ça s'est terminé sous la couette, mais cette fois je ne me sens pas de goût pour une mêlée ouverte. J'espère donc qu'il saura se retenir et à défaut se tenir.

Pour qu'il voie bien que je suis un homme organisé, j'ai mis bien en évidence sur la table basse, bien rangée dans une pochette plastique, sa lettre que j'ai reçue il y a une quinzaine de jours. Toujours consciencieuse, ma secrétaire a écrit sur l'onglet son nom dans l'alphabet local utilisé pour les noms étrangers, ce qui donne phonétiquement AN-GO-LA-DO. Marrant, ça fait presque en-gueu-la-de. Ce que je n'aimerais pas avec un monsieur dont les mains ont la taille de gants de base-ball.

La lettre est à l'en-tête personnel de ANGLADE, Roger de son prénom. La missive est brève et me demande de bien vouloir effectuer une recherche. Je serai prévenu dès son arrivée sur place et je ne dois avoir aucune inquiétude pour mes frais et ma rémunération. Je suis prié d'agréer gnagnagna.

J'ai décidé de la jouer subtile :

- Bon, si je me réfère votre lettre, votre recherche se situerait plutôt sur un plan personnel, n'est-ce pas ?

- Tout à fait. Il s'agit de retrouver une personne.

Vous voyez comme moi j'utilise le conditionnel et lui le mode indicatif ? Il est complètement persuadé que non seulement je suis partant, sans douter de mes capacités, ce qui est loin d'être mon cas. J'ouvre mon large bec et laisse tomber, de l'air du mec qui a tout pigé :

- Je présume que c'est de Frédéric que vous voulez parler ....

Remarquez qu'il n'y a pas de quoi mériter un prix Nobel pour avoir fait le rapprochement avec un de mes anciens professeurs, originaire d'Agen et nommé Frédéric ANGLADE et un Roger ANGLADE domicilié dans cette même ville. Il y a temps de silence pendant lequel il me balance un de ces regards qu'avait Lino Ventura pour Jacques Brel dans un film dont j'ai oublié le titre mais que tout le monde connaît. Ah oui, ça s'appelle l'Emmerdeur. Aurais-je gaffé?

Il me rassure :

- En fait, oui et non.

Je reprends au conditionnel :

- Pourriez-vous être un peu plus précis ?

- Ça concerne Frédéric mais ce n'est pas lui que je recherche.

- Et vous recherchez qui ?

- Mademoiselle Akiko YAMAGUCHI, sa fiancée.

On serait dans un dessin animé que mon cuir chevelu sauterait en l'air et ferait l'hélicoptère dix centimètres au-dessus de ma tête, que mes oreilles lâcheraient de la vapeur en faisant tut-tut, et que mes yeux afficheraient des points d'exclamation. Mon indicateur de surprise passe dans la zone rouge. Je m'appuie au dossier de la banquette pour me faire répéter la chose :

- Akiko YAMAGUCHI ? La fiancée de Frédéric ?

- Oui, la fiancée de Frédéric. Akiko YAMAGUCHI.

- Je n'étais pas au courant.

- Je ne vois pas pourquoi vous l'auriez été.

- En effet. Mais j'ai pour coutume de conseiller aux professeurs, mariés comme célibataires d'ailleurs, de limiter leurs relations avec les élèves que je leur confie au contexte strictement professionnel .... si c'est bien de la même Akiko YAMAGUCHI dont vous parlez.

- Mais vous n'avez pas le droit d'intervenir dans les vies privées ....

- Ce n'est pas ça, mais il y a des histoires qu'il vaut mieux éviter. Par contre nous avons déjà eu des mariages entre élèves. En tout cas le moins que je puisse dire c'est que Frédéric a été d'une remarquable discrétion.

- Je comprends votre souci, mais Frédéric a pris sa relation avec Aki, votre ancienne élève, très au sérieux dès le départ.

- Je peux imaginer. L'année qu'il a passée ici, il n'a laissé que de bons souvenirs. Je peux dire la même chose du temps où Melle YAMAGUCHI a étudié dans mon école. Mais au fait, pourquoi est-ce que Frédéric ne m'a pas contacté directement ?

- Et si nous prenions les choses dans l'ordre ?

- Aucun inconvénient, au contraire.

- Bon, je commence. Je suis le père de Frédéric, ce dont vous vous doutiez certainement.

- En effet.

- Lors de son passage chez vous, Frédéric a rencontré une de ses élèves .....

Je le coupe, un peu vexé que des choses se soient passées chez moi et derrière mon dos :

- Une de MES élèves, si vous n'y voyez pas d'inconvénient.

Je sens qu'il n'a pas apprécié l'interruption et que ce qu'il y a dans l'air ce n'est pas de la rumba mais des prémices de baffe; il se contient et reprend.

- Akiko YAMAGUCHI donc. Ils sont tombés amoureux, et lorsque Akiko est partie à Tokyo pour commencer à travailler à la fin de ses études, Frédéric y est allé aussi.

- Oui, je me souviens que son but était de faire un stage dans une entreprise internationale pour la validation de son diplôme de commerce ...

- Exact. Il a donc passé un an à Tokyo, puis il est

rentré en France pour prendre un poste dans une multinationale. A l'occasion de son retour Akiko est venue avec lui pour qu'il nous la présente. C'était il y environ un an et demi. Elle est restée deux petites semaines et elle repartie pour Tokyo. Une jeune fille tout à fait charmante et bien élevée.

- Oui, c'est tout à fait l'image qui m'est restée d'elle.

- Elle et Frédéric sont bien sûr restés en contact et ils ont fait des projets de mariage. Pour ce que je sais, Akiko devait venir rejoindre Frédéric en France et s'installer là-bas avec lui.

- Et puis ?

- Il y a un peu plus de six mois, au printemps, Akiko a brusquement cessé de donner de ses nouvelles.

- Comme ça, tout soudain ?

- Oui. Sans commentaires ni explications.

- Il y a eu une brouille ?

- Non, rien. Plus de contacts, c'est tout.

- Mais je présume qu'un grand costaud comme Frédéric n'est pas resté à pleurer dans le giron de sa maman ...

- Non, ce n'est pas le genre. C'est mon fils après

tout. Après maints appels infructueux, il a réussi à la joindre au téléphone. Là, elle lui a dit qu'il valait mieux qu'il l'oublie, que ce n'était pas possible entre eux, qu'elle n'était pas digne de lui. Le vrai psychodrame de roman-photos.

- Et comment il a réagi ?

- Comme vous vous en doutez : il a sauté dans un avion et il est retourné directement à l'adresse d'Akiko.

- Il l'a vue ?

- Non. Elle avait déménagé et personne, même parmi les voisins qui se souvenaient de lui, n'a pu lui donner la moindre indication. Elle avait quitté les lieux à la fin de l'année précédente.

- Mais il avait pu la contacter au téléphone peu auparavant, non ?

- Oui, mais c'était à son travail. Il se rappelait le nom de l'entreprise et aussi qu'elle travaillait à la comptabilité. Il lui a suffi de se faire passer pour un client potentiel.

- Elle y est toujours ?

- Il est même allé au siège et comme vous vous en doutez on l'a gentiment, mais fermement éconduit. Il a fait le guet devant la porte plusieurs jours durant, et il a seulement réussi à apprendre par une de ses collègues qu'elle avait quitté la boite.

- A quelle époque environ ?

- Très exactement dans les jours qui ont suivi le dernier contact par téléphone, comme si elle voulait absolument brouiller sa piste.

- Est-ce que Frédéric a pu savoir pourquoi ?

- Vous vous doutez bien que c'est la première question qu'il a posée. La collègue a parlé d'un motif familial.

- Ça, avec les Japonais, ça veut tout dire et rien dire. Et depuis ?

- Il est rentré en France dans un état très dépressif, et il est maintenant hospitalisé depuis deux mois et ......

Et voilà ce grand costaud qui nous fait Versailles. Que dis-je, Versailles, le Niagara oui ! Je lui passe une boite de Kleenex en songeant que l'action risque de monter et qu'il y a peut être un bon coup à faire en bourse demain. Je blague in petto, mais c'est surtout pour ne pas me laisser gagner par l'émotion. Je comprends et je respecte sa douleur et discrètement je remporte le plateau avec nos tasses et après un délai raisonnable, je les rapporte avec un nouveau pot de café bien serré bien chaud .

Je le retrouve debout, dos tourné, regardant avec une fausse attention l'activité de la place devant la gare de Hankyu Shukugawa par la large baie vitrée. Il a entrouvert la fenêtre pour se rafraîchir, et je regrette de n'avoir pas l'éponge magique des soigneurs.

Il se retourne, s'excuse et prend la tasse que je lui tends. Il laisse passer un petit temps pendant lequel il souffle sur le liquide chaud, puis d'un coup il vide sa tasse et la repose d'un geste sec et décidé sur la table basse. La mi-temps est terminée. Il est prêt pour la deuxième période.

A moi le coup d'envoi :

- Vous disiez que Frédéric ne va pas bien ....

- C'est même pire. Il ne mange plus , il pèse moins de soixante kilos et il est sous perfusion.

Je fais un rapide calcul mental. Moi, à moins de soixante-dix kilos je fais maigrichon, mais Frédéric dix kilos de moins avec ses dix centimètres de plus, il n'est carrément plus qu'en deux dimensions.

- Je comprends pourquoi il ne pouvait me contacter

lui-même. Mais au fait, c'est lui qui vous a demandé de vous adresser à moi ?

- Pas vraiment. Je me suis souvenu de vous qui connaissiez Akiko et j'ai trouvé vos coordonnées par le consulat de France à Osaka.

- Bon, en admettant que je puisse faire quelque chose, pourquoi moi? Je n'ai plus revu Frédéric ni n'ai eu de ses nouvelles depuis qu'il est parti à Tokyo. Ça fait donc exactement trois ans et demi. Je ne connais même pas l'adresse d'Akiko.

- Moi je l'ai.

- De toute façon ça ne peut pas servir à grand-chose puisque l'oiseau a quitté le nid.

- Mais on peut interroger les voisins, non ?

- Houlala, doucement ! D'abord je ne sais pas si je peux m'occuper de cette affaire. Je ne suis pas un détective privé.

- Pourtant d'après Frédéric vous avez déjà travaillé pour la police, et vous y avez de bons contacts.

- Vrai, mais moi c'est plutôt les enquêtes de marketing.

- La différence entre une investigation commerciale

ou personnelle est assez ténue, non ?

- Vous avez le sens du raccourci, mais je ne vois pas comment je peux glaner des informations à caractère privé sur quelqu'un auprès des organismes officiels. Et puis je ne peux pas me libérer comme ça d'un coup.

- Si c'est pour l'argent que vous vous inquiétez ....

- Non, je ne ramène pas tout à ça. Pour parler franchement, je crains de vous décevoir et de ne pas arriver à retrouver la fille. De plus, même si je la retrouve, qui vous dit que les choses vont tourner dans le sens que vous voulez ?

- Mais si on n'essaye pas, on ne risque pas d'arriver à quoi que ce soit.

- Pas faux. Mais si je retrouve Akiko et qu'elle ne revient pas vers Frédéric, vous ne pensez pas que ça peut être pire pour lui ?

- Pire que pire, je me demande bien ce que ça peut être ....

Moi ce type, je voudrais l'aider. Je voudrais aussi aider Frédéric. Mais avec les Japonais, s'il y a un truc qu'il faut absolument éviter c'est de mettre les choses à plat sur la table pour une bonne et franche explication générale. Même si on ne la comprend pas, il faut respecter leur logique, la considérer comme honorable et les laisser arranger les problèmes à leur manière. Ce sont pour une très grande majorité des gens d'une grande humanité et d'une simplicité très loin de la perversité propre aux esprits occidentaux. De plus, quand la page est tournée, même si la tournure des événements vient à justifier leurs craintes premières, ils ne triomphent pas avec des je-te-l'avais-bien-dit. Ils préfèrent de loin que les choses s'arrangent, même contre leurs prévisions, et quand ils ont eu tort ils s'en excusent sincèrement. Mais il ne faut pas leur mettre le nez dans leur pipi, ni les brusquer à la manière américaine. Et en outre je n'ai pas le coeur à marcher sur des oeufs avec mon quintal dans une affaire que je ne sens pas.

Il interrompt ma réflexion :

- Vous avez une idée de la raison pour laquelle Akiko a rompu avec Fréderic ? Moi j'ai pensé à un mariage arrangé par sa famille et que ....

Je le plaque avant qu'il n'ait trop d'élan :

- S'il vous plaît ne me sortez pas les vieilles lunes !

- Mais pourtant c'est bien réel, non ? Les familles arrangent les mariages, c'est connu.

- Attendez. Vous êtes dans un pays où les femmes ont eu des droits civiques comme le droit de vote, celui d'avoir un compte bancaire et d'acheter des biens immobiliers sans l'accord de leur mari, et tout cela des lustres avant les femmes françaises.

- Mais ....

- Mais ne croyez pas tout ce qu'il y a dans les magazines ni tout ce qu'on dit à la télé. La plupart du temps ça vient de gens qui n'ont passé que quelques jours sur place.

- Mais il n'y a pas de fumée sans feu ....

- Juste, mais si c'est vrai que les familles se soucient du futur matrimonial de leur progéniture, l'intervention se limite à organiser des rencontres dans le même milieu social. Itou chez nos bourgeois bien cocorico. Et aussi bien la fille comme le garçon ont le droit de se désister, avant ou après. Ma propre femme a ainsi fait *omiai* par deux fois. Ce qui ne l'empêchait pas de sortir avec son petit ami de la fac puis d'attendre pour convoler jusqu'à ce qu'elle me rencontre dans la dernière ligne droite avant la trentaine.

- Mais la princesse Masako ...

- Ah vous n'abandonnez pas facilement ! D'abord ce n'est pas la Princesse Masako comme vous le dites, mais le prince héritier qu'on a cherché à marier. Une sorte de Prince Charles si vous voulez. De toute façon dans ces milieux, même en Europe les mariés n'ont pas droit à la parole le plus souvent.

- Donc d'après vous, aucune chance que ce soit une histoire de mariage arrangé.

- Aucune. Je pense que si ses parents commençaient à se soucier de la voir se marier, elle a dans les vingt-cinq, vingt-six, non ....

- Çà doit être çà ...

- ..... donc, étant sérieusement engagée avec Frédéric, même sans en avoir encore parlé avec ses parents, ça aurait été le bon moment de les mettre au courant, vous ne croyez-pas ?

- Et si les parents avaient refusé ?

- Rien que de banal. C'est toujours comme ça que ça se passe, puis après quelques mois un peu tendus, tout serait rentré dans l'ordre. Et en prime tout le monde est finalement tout content d'avoir un *gaijin* dans la famille.

- Un *gaijin* ?

- Un étranger, littéralement une personne de l'extérieur.

- Ça me paraît un peu simple.

- Croyez-moi. Ça c'est passé comme ça pour moi et pour des dizaines de couples mixtes que je connais et des centaines voire des milliers que je ne connais pas.

- Mais pour Akiko comment pouvez-vous être sûr ? Vous connaissez sa famille ?

- A vrai dire, non, mais elle n'avait aucun lien avec la famille impériale.

- C'est peut-être un premier pas pour enquêter ....

- Ben dites-donc, ça laisse une drôle de marge ... et pourquoi vous ne feriez pas appel à un détective privé japonais ?

- J'y ai aussi pensé, mais ça pose le problème de la communication, et de plus vous connaissez Frédéric, Akiko, et peut-être même certaines de ses amies.

- Pas faux ...

- ..... et je pense qu'un détective privé ne me

laisserait pas l'accompagner.

- Parce que vous avez l'intention de m'accompagner ? En outre, je n'ai pas encore accepté votre demande.

- Je vous paierai bien. Et je tiens à être informé en temps réel.

Livre 2
Chapitre 2

J'ai finalement accepté cette mission, mais surtout pour me défaire de la présence encombrante du sieur ANGLADE qui de toute façon ne m'aurait pas lâché. Mais j'y ai mis une condition sine qua non. Celle qu'il retourne chez lui, en France, pour veiller sur Frédéric, avec ma promesse de le contacter chaque jour et de le tenir au courant dès que quelque chose avance. Pour pouvoir me joindre plus facilement il m'a même acheté un téléphone portable satellite réservé exclusivement à ses appels.

Je suis assez satisfait de ne pas l'avoir collé à mes basques mais ça ne me donne aucune piste pour commencer mes recherches.

Je vais partir des endroits où la donzelle a vécu et travaillé. Par chance, j'ai un ami à Tokyo qui travaille comme pigiste pour l'édition en anglais d'un grand quotidien japonais. C'est une vraie mine.

On a vécu ensemble une histoire pas banale il y a quelques années et on a gardé le contact. Je note donc mentalement de contacter Derek, un australien pure souche, et de lui demander d'enquêter auprès des anciens voisins et des ex-collègues d'Akiko.

Je vais aussi contacter deux ou trois personnes de connaissance qui travaillent au commissariat central de Kobe. Ils pourront me dire ce que je peux faire et ne pas faire. Avec un peu de chance, ils accepteront de rechercher dans leurs fichiers au cas où ils auraient quelque chose dans leurs dossiers. Ça pourrait considérablement réduire le temps et le travail, mais ce ne serait pas bon signe si la demoiselle était connue de leurs services pour avoir été victime d'un quelconque délit. Ce ne serait pas le genre d'information qu'il me plairait de rapporter à la famille ANGLADE.

Je vais aussi essayer de retrouver les camarades de sa classe de français de l'époque dans mon école. Je pense aussi à ses professeurs de la faculté de lettres françaises de l'université toute proche de Kansei Gakuin. Il se trouve que plusieurs sont des amis, et comme il est fréquent que les étudiants gardent un lien avec les professeurs, il y a peut-être aussi de quoi ramener quelque chose d'intéressant si je vais y jeter mon filet.

Et puis, si je n'arrive à rien tout seul, je pourrai

toujours recourir aux services d'un détective privé japonais. C'est même sans doute la meilleure solution pour retrouver la famille. A ce sujet, je peux assez facilement aller faire un tour là où Akiko YAMAGUCHI habitait avant de partir pour Tokyo; je devrais aisément retrouver son adresse dans mes propres fichiers.

Je suis face à mon écran vide et je me demande bien comment je vais arriver à dire quoi que ce soit qui donne l'impression au père de Frédéric que les choses avancent.

J'ai retrouvé l'adresse d'Akiko au moment où elle suivait des cours dans mon école il y a environ trois ans de cela ainsi que celle des quatre autres filles qui étaient inscrites dans la même classe.

J'ai pu obtenir quelques informations par les contacts au commissariat central de Kobe; en fait aucune information concernant Akiko YAMAGUCHI, jeune femme sans casier judiciaire, même pas pour un cas aggravé de stationnement interdit (si,si, ça arrive).

Mon ami Derek, journaliste pigiste à Tokyo pour des quotidiens japonais de langue anglaise m'a promis qu'il allait chercher de son côté, mais franchement je n'en espère pas grand-chose.

En dépit du peu de choses à dire, je vais quand même envoyer un mail à Mr ANGLADE, ce qui lui montrera qu'au moins je bouge pour lui. J'ai à peine commencé à taper la formule d'entrée qu'une fenêtre s'ouvre sur mon écran pour m'annoncer un message. Comme j'en ai plus d'une centaine par jour et de différentes origines parfois douteuses, je suis tenté de mettre le message à la poubelle sans même l'ouvrir. Quelque chose m'en empêche, et c'est tant mieux parce que l'expéditeur qui se cache sous le pseudonyme imprononçable de dkkkytok n'est autre que mon ami Derek KILKENY de Tokyo.

La manoeuvre idoine fait apparaître le texte que je cite dans toute sa concision : appelle-moi tout de suite. Par chance il a pensé à me donner un numéro.

Je suis donc au fil avec l'ami Derek dans la minute qui suit et je l'interroge sans même échanger nos habituelles vannes :

- Salut Big D. J'ai eu ton mail. Tu as trouvé quelque chose ?

- G'daille frenchie. Je crois que tu vas être content. Avec les indications que tu m'as données j'ai peut-être retrouvé cette fille de toi.

- Ça tiendrait du miracle parce que des Akiko YAMAGUCHI il doit y en avoir pas mal au Japon.

- Soo desu, mais en partant de l'adresse que tu m'as donnée et avec une recherche dans les fichiers de l'état-civil, je crois que je tiens ton oiseau. C'est bien comme ça que tu dis en français ?

- Oui, c'est comme ça. Mais tu as accès aux fichiers de l'état-civil, toi ?

- En fait, pas moi. Mais tout bon journaliste se doit d'avoir des contacts utiles *desho* ?

Ce tic des résidents de longue date au Japon de mélanger leur propre langue avec des mots, des expressions ou des bribes de phrases de la langue de l'autre ou en japonais ne me gêne pas outre mesure car à force de parler simultanément plusieurs langues, il arrive que de temps en temps je ne sais plus bien dans laquelle je viens de s'exprimer. J'ai ainsi une fois fait l'interprète français-français entre deux Français lors d'une foire internationale à Tokyo. Le plus amusant est que cela a duré plusieurs minutes avant que je m'en aperçoive et sans que les deux autres personnes se soient rendues compte de quoi que ce soit.

Je poursuis :

- Et un bon journaliste ne dévoile jamais ses sources, *desho* ? Bon allez, dis-moi ce que tu as trouvé.

- OK. J'ai pris comme point de départ le secteur administratif où cette fille habitait à l'époque. Par chance elle vivait chez ses parents ce qui m'a facilité les recherches au niveau des générations suivantes.

A son intonation je sens qu'il est tout frétillant de fierté d'avoir pu s'amuser avec un joujou hi-tech. J'essaye de ne pas le refroidir par trop d'impatience, mais je ne justifierais pas mon surnom de frenchie si je ne mettais pas une pointe de sarcasme :

- Tu vas m'annoncer que tu as découvert qu'elle a une très vieille grand-mère au système pileux abondant qui marchait debout en se dandinant dans les hautes herbes d'une savane du Kenya il y a quelques millions d'années ?

- Tu ne changes pas. Stop that et écoute : j'ai remonté trois générations, c'est-a-dire la fille, les parents de deux côtés et les grands-parents de quatre côtés. Pas mal, neh !

J'approuve :

- Pas mal du tout, mais ça donne quelque chose d'intéressant ?

- Ça je ne suis pas capable de dire. Mais au moins tu as de la matière pour travailler. C'est ton enquête à toi, non ?

- Bon, d'accord. Tu m'envoies la liste par fax ?

- C'est tout prêt. Donne-moi ton numéro.

Je le lui donne :

- Allez Big D. *Soro soro neh.* Tu es toujours mon australien préféré.

- Tu es bienvenu n'importe quand. Ciao frenchie.

Je raccroche et vais me poster près du télécopieur et je ne tarde pas à recevoir trois pages manuscrites, une pour chaque génération. Je m'aperçois immédiatement que tout est écrit en japonais, d'un écriture fine et serrée que je suppute celle d'une main féminine. Apparemment toujours séducteur le Big D.

Chaque nom est suivi de deux courts textes que j'identifie comme l'adresse de naissance et l'adresse de résidence au moment de la création du fichier. Une date pour la naissance et une autre pour les défunts.

Je décide de remettre l'épluchage à la soirée pour m'occuper au coin du feu avec ma douce et tendre, et je me lance dans la rédaction de mon rapport au père de Frédéric, finalement loin d'être mécontent d'avoir suffisamment à lui dire pour remplir une page.

Livre 2

Chapitre 3

Sherlock Holmes aurait déjà tout démêlé. Mais en ce qui me concerne, bernique et re-belote. Grâce à l'aide de ma femme japonaise, ça n'a pas été trop compliqué de comprendre et de traduire les données d'état-civil que Derek m'a fait parvenir. Je les ai reproduites sous la forme classique d'un arbre généalogique que je contemple depuis plus d'une heure sans que j'y décèle quoi que ce soit ni même que mon intuition me dirige vers une branche en particulier. C'est ma femme qui l'a dessiné et le nom de chaque personne niche sur une sorte de plate-forme soutenue par le dessous comme le ferait un serveur avec son plateau. C'est tout à fait conforme à la manière de tailler les arbres dans les jardins au Japon, et de plus très esthétique.

En gros, Akiko YAMAGUCHI est la fille ainée de Hideaki et de Yoshiko YAMAGUCHI née MARUTA, avec une petite soeur prénommée Natsuko, toutes deux célibataires. Je passe donc à la génération des parents.

Un rapide survol ne me révèle rien de spécial sinon

que le frère aîné de la mère d'Akiko, Junichiro INABATA, né MARUTA a été adopté par la famille de sa femme lors de leur mariage. Il a donc pris très officiellement le patronyme de son épouse. Je n'y vois de remarquable que, dans leur cas il s'agit d'un premier fils qui d'ordinaire est chargé d'assurer la pérennité du patronyme.

Le frère cadet de la mère d'Akiko, le deuxième fils en a fait autant, et est ainsi devenu par adoption Toshiaki TATSUMI. Là je sens qu'il y a des choses intéressantes parce que c'est plutôt rare que les deux fils d'une même famille changent de nom par adoption par leur belle famille. Je note cette observation et je continue mon inspection.

J'en arrive rapidement à la conclusion qu'il n'y a rien de significatif du côté des épouses et je poursuis mon ascension jusqu'au niveau de la troisième génération, et plus particulièrement le grand-père paternel, car je me demande bien pourquoi cet homme a pu accepter de voir se perdre la continuité de son patronyme. Ou plus vraisemblablement le fils cadet Toshiaki s'est marié après la mort de son père. En fin de compte les moyens de recherche de mon ami Derek seront sans doute bien utiles.

Je rédige un mail à son intention, puis je décide d'aller faire un tour dans le secteur où habitait le grand-père d'Akiko YAMAGUCHI lorsqu'il est est né. C'est l'endroit le plus proche dans la liste que m'a donnée Derek et ça ne devrait pas me prendre trop de temps.

Si la circulation n'est pas trop dense, je devrais arriver à Minoo juste à temps pour déjeuner et avoir le temps de faire une courte reconnaissance sur place avant de rejoindre mon bureau d'Osaka pour mon cours de la soirée.

Je n'ai pas eu trop de mal à arriver à bon port, car la route qui passe à Minoo est une grande artère à quatre voies et je n'ai eu comme inconvénient que les interminables feux rouges.

Par chance, je n'ai pas eu à aller dans la partie montagneuse, car les routes y suivent les anciens tracés de sentiers et épousent toutes les circonvolutions du terrain. Ma douce et tendre a une de ses amies mariée à un artiste de renom qui y a établi son atelier en plein coeur des solitudes boisées. Outre les sangliers, bien réels, on s'attend à chaque instant à y rencontrer des personnages du dessin animé Mononoke Hime (la Princesse Mononoke).

Minoo se trouve au nord-ouest d'Osaka et est connu dans la région pour sa spécialité de *botan-nabe*, une sorte de potée à la viande de sanglier. C'est d'ailleurs la couleur rouge vif de cette viande qui est à l'origine du nom car *botan* est une fleur du plus bel écarlate, la pivoine. Je me souviens avoir vu des étals au bord de la route proposant des morceaux de l'animal.

Le secteur que je cherche se trouve dans la partie plate de Minoo, en fait pas loin du centre-ville qui se résume au croisement de deux grandes rues bordées de bâtiments très récents. Je me gare sur un parking automatique minuscule. Il y en a beaucoup d'ailleurs, car ce genre d'affaires est très rentable. En effet, les coûts d'investissement, d'aménagement et d'entretien ainsi que la fiscalité sont ridiculement bas en comparaison avec une construction sur une surface identique. Et la rentabilité en est assurée sans avoir à attendre d'hypothétiques occupants.

Je me souviens avoir effectué une fois un rapide

calcul mental basé sur ma facture personnelle pour un stationnement de deux heures, et dont le résultat une fois multiplié par le nombre d'emplacements donnait un chiffre de revenus mensuels plus que confortable. Comme on dit ici, même la poussière en s'accumulant finit par former des montagnes.

Je laisse de côté les agapes pour me contenter de sandwiches que j'achète dans un *combeni*, raccourci chaînes de supérettes franchisées qui couvrent tout le pays et qui vont bientôt finir de remplacer les petites boutiques de campagne.

Tout comme maintenant dans les pays dits modernes il est plus pratique de se fier à la disposition des antennes paraboliques qu'à la mousse des arbres pour trouver les points cardinaux, la présence d'un *combeni* renseignera immédiatement le voyageur étranger sur le degré de civilisation du lieu. Les Japonais eux, ne s'offusquent pas de la progression de cette gangrène, épris qu'ils sont de pragmatisme et de facilité d'accès aux dix-mille services sans lesquels leur vie ne serait qu'un purgatoire.

Je reviens à ma voiture pour manger mes

sandwiches, car il est incongru même pour un *gaijin* de prendre son repas dans la rue, debout en marchant. J'avale mon déjeuner plus que je ne le mâche car les sandwiches n'ont rien ici d'un jambon-beurre avec baguette croustillante. Le pain de mie est une sorte de polystyrène débarrassé de sa croûte si l'on peut ainsi appeler la bordure brunâtre qui entoure le triangle de plaque blanche aux trous minuscules et parfaitement réguliers. La garniture est faite de bouillies aussi variées qu'indéfinissables sur lesquelles mayonnaise et ketchup semblent exercer une dictature pour toujours établie, avec essentiellement des miettes de thon ou du poulet haché dans les seconds rôles. Le volume factice de l'ensemble disparaît dans la pince de mes doigts à la première prise en main, et à défaut de la satisfaction d'avoir quelque chose de consistant sous la dent, je n'ai une sensation de réplétion qu'après avoir ingurgité trois boites de ces caloriques horreurs.

Il me reste un peu moins d'une heure et je les mets à profit pour décoller de mes gencives les reliefs gluants de mon repas, tout en marchant un peu avec mon plan à la main. Dans ces petites localités en pourtour des grandes métropoles on se trouve vite dans ce que les Japonais appellent la campagne. C'est une sorte de patchwork de rizières éparses avec de rares habitations agricoles, des hangars en tôle abritant des ateliers divers, quelques maisons d'ouvriers en général des constructions à deux niveaux et dont on n'a même pas à s'approcher pour constater qu'il n'y règne pas une odeur de luxe. Pratiquement pas de villas. Depuis une dizaine d'années, rizières et ateliers sont remplacés par des immeubles d'habitation, rarement par lotissements, mais plutôt épars comme des champignons. Le contraste est saisissant car la plupart des constructions modernes sont de très bonne facture et ne dépareraient pas les zones résidentielles des bons quartiers.

Il n'est pas difficile de deviner que le paysage a dû beaucoup changer au cours des deux ou trois dernières décennies et que la population actuelle n'a que peu ou pas de liens avec celle d'autrefois.

Je revois mentalement la transformation de l''endroit où, vingt ans auparavant, j'ai vécu presque une année près de Nara, l'ancienne capitale. Mon ancien quartier bucolique est devenu une ville-dortoir , et il est impossible désormais d'imaginer les chemins bordées de *ike* (mare, étang) et de *takeyabu* (bosquet de bambous). J'adorais sur le parcours de mes courses matinales m'arrêter et m'asseoir pour jouir du son de la brise dans les feuillages de bambous et les regarder incliner à l'unisson leurs plumets au gré du souffle. Le regretté Nino Ferrer avait une chanson merveilleuse qui parle de la Louisiane et c'est en chantonnant que je rejoins ma voiture et que je prends la route d'Osaka où le devoir m'attend.

Je rentre bredouille sans me douter que le destin me ferait revenir ici-même dans les prochains jours.

Livre 2

Chapitre 4

Je suis assis tout au fond d'un petit restaurant à une table minuscule pourtant prévue pour quatre personnes. Je suis revenu à Minoo avec une de mes élèves qui m'a proposé de me faire rencontrer sa grand-mère.

Les choses ont bougé depuis l'avant-veille, jour de ma visite à Minoo, sans que je puisse avoir la moindre idée de la direction dans laquelle ça me mènerait. J'avais ce soir-là un cours de techniques d'interprétariat à mon bureau d'Osaka. J'avais décidé pendant le trajet de faire travailler cette classe de quatre élèves sur l'expression des sentiments et des sensations personnelles. J'ai donc choisi pour thème la nostalgie qu'on ressent au changement des choses qui nous entourent.

Pour les mettre en condition, je leur ai raconté ma visite à Minoo et les souvenirs de ma vie à Nara. Puis à la pause, l'une des filles m'a tout simplement dit que sa grand-mère vit depuis toujours à Minoo et qu'elle y tient un petit restaurant d'*okonomiyaki*. De fil en aiguille la conversation s'est prolongée il m'a bien fallu leur donner quelques explications sur ma présence à Minoo. Je m'en étais tiré avec une vague histoire de camarade de classe d'Akiko qui voulait faire une réunion avec ses anciennes condisciples et, l'ayant elle-même perdue de vue me demandait si j'avais un moyen de la retrouver.

Mon élève, Etsuko, m'avait tout naturellement proposé de rencontrer sa grand-mère car celle-ci pourrait au moins me dire où la famille d'Akiko était désormais installée.

Etsuko m'a également proposé de m'accompagner, bonne occasion pour elle de mettre en pratique ses capacités d'interprète, d'autant que la grand-mère s'exprime principalement dans le dialecte local auquel je risque fort d'être étranger.

Dès que la grand-mère vient nous rejoindre, sitôt après le départ du dernier de sa demi-douzaine de clients, elle s'excuse de nous avoir fait attendre si longtemps. J'ai effectivement du mal à tout comprendre, mais le sourire et l'intonation ne laissent aucun doute. Je la remercie de nous recevoir en dépit du dérangement inévitable. Le ping-pong des politesses se prolongerait à l'infini s'il n'y avait le thé, dont le service et la dégustation permettent une pause avant d'entrer dans le vif du sujet.

Je bois deux ou trois gorgées en silence, puis je repose ma tasse et, un oeil sur la grand-mère et un autre sur Etsuko sans trop loucher car Dieu merci elle sont assises côte à côte et en face de moi, et je pose ma première question :

- *Obaa-san*, auriez-vous connu une famille YAMAGUCHI qui vivait dans le secteur de Sarunoike-gun il y a une vingtaine d'années ? Elle me répond et Etsuko me traduit :

- Non, ça ne lui dit rien. Pourtant elle y connaissait tout le monde.

- Ah bon ? Vous aviez déjà ce restaurant ?

- Non, je l'ai ouvert en 1.989, quand mon mari et moi nous nous sommes retrouvés sans emploi.

- Je suis désolé. Que vous est-il arrivé ?

- Mon mari et moi étions tous les deux ouvriers à l'usine de bobinages électriques.

- J'imagine que ça n'a pas été facile de retrouver du travail.

- Nous n'avons pas voulu partir; il y avait ma vieille

mère qui vivait avec nous. Mr MARUTA, le patron, a dû vendre l'usine et les terrains, et il a donné un pécule à tous les employés. Comme nous étions deux, nous avons eu le double.

Je me demande bien quel patron occidental ferait de même pour son personnel dans une telle situation.

- Ce Mr MARUTA me semble avoir été un homme très bon …

- Oh, ce n'est pas qu'il était spécialement bon, mais il était droit et tenait toujours ses promesses. Entre nous on l'appelait le vieux blaireau.

Bien que ça paraisse peu flatteur en français, je crois me souvenir que dans les contes populaires japonais les animaux sont affublés de caractères bien spécifiques, et pour les Japonais le blaireau n'a rien de nuisible ni de péjoratif.

- Et vous croyez qu'il a été trompé par des renards.

Obaa-san me regarde avec des yeux tout ronds et part d'un rire qui secoue toute sa maigre carcasse.

- Je crois que dans son cas c'était vraiment le roi des renards.

- Que s'est-il passé ?

- On dit que c'est une grande compagnie qui était son client qui a arrêté brusquement de passer des commandes.

- Comme ça tout d'un coup ?

- En tout cas, nous les ouvriers, nous l'avons su même pas une semaine avant la fermeture de l'usine.

- Et ce Mr MARUTA ? Qu'est-ce qu'il et devenu ?

- En fait il n'habitait plus sur place depuis quelques années. Il avait besoin de son terrain pour agrandir l'usine.

Mais je crois qu'il est mort depuis mal d'années. Il ne s'est jamais remis de sa faillite.

Etsuko me traduit puis me pose une question :

- Mais *sensei*, pourquoi vous vous intéressez à ce Mr MARUTA ? Ce n'est pas Akiko YAMAGUCHI que vous cherchez ?

- Si bien sûr, mais vous allez comprendre.

Je sors de ma serviette une copie de l'arbre généalogique et je l'étale face à elles. Du doigt je trace une ligne qui part de Akiko YAMAGUCHI au grand-père MARUTA.

Ça semble rappeler quelque chose à *Obaa-san* :

- Oui oui, je me souviens. La fille des MARUTA a épousé un Mr YAMAGUCHI. Ce n'était pas quelqu'un d'ici.

Pin-pon (bingo) in-péttoé-je

- Il n'y a rien d'extraordinaire à cela, je pense, mais pourquoi les deux fils ont changé de nom ?

- Je crois que pour le fis aîné, c'était mieux pour son travail.

- Il faisait quoi ?

- Oh je ne sais pas bien. Dans la justice je crois.

- Et ce n'est pas bizarre pour vous qu'il n'ait pas pris la suite de son père ?

- Je le connais bien, je l'ai vu grandir. Il était toujours dans ses livres et il n'était pas bien costaud. Ça faisait bien du souci pour ses parents et surtout pour son père. Alors comme ils ont eu un second fils, je pense que Mr MARUTA n'a pas eu trop de peine à voir l'aîné s'éloigner de l'affaire familiale.

- Mais pour le cadet ?

- Ça je trouve que c'est vraiment curieux. Jamais le père MARUTA n'aurait accepté ça. Il voulait tellement que son fils lui succède que déjà tout gamin il le faisait travailler à l'usine pendant les vacances scolaires. Jamais de son vivant Mr MARUTA n'aurait accepté que le nom s'arrête. Vous pensez, une famille qui est bien aussi vieille que le village ....

- Merci *Obaa-san*, merci mille fois. Je vais vérifier, mais je suis sûr maintenant que le cadet MARUTA s'est marié après la mort de son père.

- Mais ça aussi, c'est incroyable. Ce gamin c'était la copie de son père, et fier comme un paon d'être un MARUTA. Finalement c'est eux qui ont eu le plus de malheur. Nous les petits on peut continuer à vivre avec pas grand-chose, mais les gens qui ont du bien, ce n'est pas comme nous. Ils passent de tout à plus rien.

Je sens que c'est le moment de prendre congé et je remercie la petite *obaa-san*. Même si ma recherche d'Akiko YAMAGUCHI n'a pas avancé, j'ai au moins passé un bon moment avec des gens simples et gentils. Je les salue toutes les deux, car Etsuko a décidé de rester avec sa grand-mère pour l'aider à préparer son service du soir.

Livre 2

Chapitre 5

De nouveau face à mon ordinateur, j'épluche ma correspondance, ce qui signifie que je mets à la poubelle la quasi totalité des messages arrivés. Ce n'est pas une opération très compliquée mais comme la plupart sont rédigés en japonais, je dois les ouvrir un à un pour être sûr de ne pas passer à côté de quelque chose d'intéressant pour mes affaires. La prolifération d'internet a atteint ici des proportions telles que si vous faites une recherche pas exemple sur séjour en France, vous avez plus de trois millions de sites sur le thème. En fait, l'immense majorité sont ce qu'on appelle ici des home-page, publiées par n'importe qui après un séjour même de très courte durée et le plus souvent un voyage de quelques jours et la plupart du temps pour raconter n'importe quoi.

Le message de Derek n'est pas trop dificile à trouver grâce au libellé en *romaji* (caractères romains). Comme je le lui ai demandé, il a complété les informations précédentes avec les dates de mariages. La conviction de la petite *obaa-san* de Minoo s'avère fondée sur le changement de patronyme de Toshiaki, deuxième fils du grand-père MARUTA et frère cadet de la mère d'Akiko. Le père Kenichi MARUTA est décédé en 1992 et son fils s'est marié en 1995 avec une Mari TATSUMI, devenant à cette occasion Toshiaki TATSUMI. Quant au pourquoi .....

Il y a aussi une information au sujet de la dernière adresse déclarée pour Akiko, qui correspond à celle de ses parents, qui résident à Fukuoka, une grande ville de l'île de Kyushu située au sud de l'île principale. Quelque chose me dit qu'on ne va pas tarder à m'y voir.

Il y a là assez de matière pour offrir un début de piste, en tout cas suffisamment pour faire au père de Frédéric un rapport un peu plus étoffé que le premier.

Avant de passer à sa rédaction, j'envoie un message à Derek pour le remercier, et surtout pour lui offrir un nouveau challenge : voir au niveau des familles d'adoption des deux fils MARUTA, devenu INABATA pour l'aîné et TATSUMI pour le second.

L'ami Derek a une grosse dette morale envers moi, mais c'est surtout nos liens d'amitié qui m'autorisent à lui demander un peu plus, à savoir quelle est la dernière adresse déclarée pour la grand-mère d'Akiko, Hanako MARUTA.

J'ai à peine terminé l'envoi du message au père de Frédéric, que le téléphone mobile international qu'il m'a donné sonne. La voix de Mr ANGLADE retentit, et sans bonjour ni détours il me demande pour quand est prévu mon voyage à Fukuoka. Je suis incapable de répondre quoi que ce soit, vu que pour moi l'information est à peine moins fraîche que pour lui. Il me déclare que le lendemain étant un dimanche je devrais avoir tout le temps de faire l'aller et retour.

Techniquement il n'a pas tort, mais la famille ANGLADE n'est pas vraiment au centre de mes préoccupations, et j'ai promis à ma femme d'aller en famille chez des amis. Je sens l'argument trop ténu pour ne serait-ce qu'égratigner la détermination en béton de mon interlocuteur, et finalement craignant le courroux du quidam je me justifie ma lâcheté par mon intérêt réel et grandissant pour cette affaire.

Je me déballonne donc :

- Bon, je vais voir si je peux réserver des avions

pour demain.

- Je compte sur vous. Rappelez-moi dès que vous sortez de chez les parents d'Akiko. A n'importe quelle heure.

Aucune raison de me dire au-revoir vu qu'il ne m'a pas dit bonjour. Je rumine encore lorsque le téléphone mobile sonne à nouveau :

- Ah, envoyez-moi l'adresse des parents d'Akiko ! tuuu ... tuuu ...

Oh le grossier ! Il peut toujours attendre, parce que s'il a dans la tête de mener une action commando chez ces gens, je n'en serai pas complice. Déjà, première chose, j'enlève les batteries du téléphone mobile. Puis je rédige à l'intention du sieur ANGLADE un message de démission avec des cher monsieur virgule dans chaque ligne droite et dans tous les tournants. En bref, et fort poliment, je le prie d'aller visiter un pays méditerranéen reconnu comme le berceau de notre belle civilisation et d'en profiter si possible pour apprendre au passage quelques notions de civilité.

Cet acte d'insoumission et d'affirmation de ma personnalité m'a fait du bien tant nous savons grâce à

Sigmund qu'il nous faut savoir de temps à autre tuer le père.

J'y songe encore le lendemain tandis qu'un grand oiseau d'argent m'emporte vers les îles du sud par dessus les nuages. J'ai cependant hâte d'arriver car les aéronefs des lignes intérieures japonaises sont surtout faits pour les autochtones avec une largeur de siège en conséquence qui ne convient guère à ma stature. Dans une bouffée de nostalgie, me revient le souvenir d'un voyage à bord des lignes hollandaises avec des hôtesses du gabarit d'un joueur de hockey sur glace, et sièges larges en conséquence. Par contre, dans le plateau repas, il y avait des sandwiches à la mayonnaise avec du jambon, du fromage, des olives et de l'ananas au ketchup; comme en-cas des bols de nouilles *ramen* industrielles que seul un fan de manga aurait pu qualifier de nourriture.

......

L'aéroport de Fukuoka est une structure anonyme, et je pourrais aussi bien avoir débarqué n'importe où au Japon. Un coup d'oeil aux boutiques me rassure : les champignons shiitake sont une spécialité locale et partout on en propose sous diverses formes. Penser à en prendre au retour.

Comme maintenant j'ai rompu les liens avec mon commanditaire et que j'en suis de mes propres deniers, je vais éviter le gaspillage. Tout d'abord un plan de la ville, puis déplacements en transports en commun. Je me dirige donc vers le quai des navettes et je rencontre ma première difficulté : il y a plusieurs busses en fonction du quartier de destination et je dois acheter mon billet en conséquence.

Gentil et serviable (double pléonasme puisqu'il s'agit d'un employé japonais), l'uniforme préposé à l'embarquement des bagages dans les busses étale ma carte sur une valise et non sans s'être frotté énergiquement la nuque en signe d'embarras, finit par repérer ma destination et m'indique le numéro de ligne que je dois prendre.

Une trentaine de minutes plus tard je débarque de la navette. Je suis sur le trottoir d'une large avenue bordée d'immeubles de bureau. Il y a bien quelques boutiques, essentiellement des petits restaurants, des papeteries et des pressings, en fait tout ce qui permet à un employé de bureau de pouvoir assurer sa survie, mais en ce dimanche fin de matinée tout est fermé. Heureusement, je suis juste à l'entrée d'une station de métro, et quelques marches plus tard je suis face à un vaste panneau des lignes de transport urbain. Il y a aussi un plan de l'agglomération, mais sur le mur opposé, ce qui m'occasionne plusieurs aller-retours dans le hall. Dieu merci, il n'y a personne, car un jour de semaine je ne me serais jamais risqué à couper le double flot croisé et continu des usagers.

Je finis par me repérer et à localiser le secteur où je dois me rendre, et je mémorise le parcours. Je ne note jamais rien, sauf les numéros de téléphone, et c'est ma fierté que de compter sur mes seuls neurones. Ma femme appelle ça une manie, mais il faut dire que les Japonais sont perdus sans leur agenda.

L'endroit où je débarque du métro ressemble à une place de petite ville; il y a un supermarché, une sorte de grand magasin de modestes dimensions et toutes sortes de boutiques. J'ai vite fait de trouver un restaurant afin d'une part de m'y sustenter et surtout de laisser passer le temps car je ne veux pas arriver sans prévenir chez des gens à l'heure du repas. Je commande et aussitôt on me prépare en cuisine un plateau avec un de mes plats favoris, *oyako domburi*. C'est un grand bol de riz, recouvert d'une préparation de minuscules bouchées de poulet et de délicieuse omelette au bouillon, le tout joliment décoré avec des poireaux bien verts coupées en fines lamelles biseautées. Un plat tout simple mais qui en dit long sur le savoir faire du cuisinier.

Je me régale, et au moins je ne serai pas venu pour rien, car si j'ai préféré ne pas prévenir de ma venue la famille d'Akiko, je m'expose au fait de ne trouver personne. En payant ma note à la caisse, je demande de m'indiquer le chemin à la serveuse plutôt étonnée que je veuille m'y rendre à pied, bien qu'onze minutes vers le nord ne risquent pas de me mener jusqu'à des latitudes boréales. Je me lance donc dans ma promenade digestive et il ne me faut pas longtemps pour constater que le temps indiqué par la serveuse doit correspondre au trajet du bus. Mais comme il fait beau et un peu frais, rien que d'agréable.

J'arrive bientôt dans le quartier que je recherche. C'est un vaste lotissement à flan de colline qui porte le nom de Izumidai. Comme le nom le laisse supposer, les constructions sont récentes, vraisemblablement fin eighties ou début nineties, époque à laquelle il était courant de d'utiliser le préfixe *dai* pour les zones d'habitation prises sur la nature. L'endroit comporte une bonne centaine de pavillons et est dominé par la barre d'une mansion, comme on appelle ici les immeubles résidentiels. Il va falloir que je me tape la grimpette, car il ne fait nul doute que les parents d'Akiko habitent cet immeuble. En effet, le travail de son père l'obligeant à une certaine mobilité, il est logique qu'ils résident dans un appartement prévu pour la location plutôt que dans un pavillon destiné à la vente. Heureusement, je n'ai pas à suivre la route qui monte en lacets, des escaliers ayant été prévus pour les amateurs de raccourcis en pente raide.

J'arrive au but avec les mollets douloureux et le souffle court, et je m'offre une petite pause réparatrice dans le hall. Des banquettes de béton font face en demi-cercle à un mur incrusté de roches moussues sur lesquelles ruisselle un filet d'eau : vraisemblablement la source qui a donné son nom au lotissement.

L'endroit est calme et lumineux car l'espace se prolonge vers une haute verrière; je suis sûr qu'un éclairage a été disposé, mais je n'ai pas assez de temps devant moi pour attendre le moment de jouir de l'ambiance de nuit.

Je retourne vers l'entrée et comme je m'y attendais je trouve le nom YAMAGUCHI, résident de l'appartement 807. Un coup d'oeil à ma montre : trois heures moins cinq; l'heure est civile, même si ma visite impromptue l'est moins, et c'est donc d'un index résolu que j'appuie sur le bouton de la sonnette. Un temps mort pendant lequel je compte mentalement, et c'est juste au moment où je vais appuyer de nouveau qu'une voix féminine me répond. J'y trouve des intonations de celle d'Akiko mais je suis convaincu que ce n'est pas elle. Je salue avec une formule d'excuse et me présente comme l'ancien professeur d'Akiko. Le sésame fonctionne et comme je m'y attendais, je suis prié de monter, ce que je fais sans attendre.

Peu après, je suis une sorte de corridor qui distribue

sur tous les appartements en longeant la façade de l'immeuble qui donne sur l'arrière, la colline donc, permettant ainsi de garder l'autre façade pour la vue. Je ne suis pas encore devant la porte que déjà celle-ci s'ouvre et qu'une femme sort à ma rencontre, la mère d'Akiko à n'en pas douter. Elle paraît avoir quarante ans, ce qui doit lui faire la cinquantaine. Je me remémore qu'Akiko a exactement la même fossette sur la joue gauche.

Nous échangeons de nouvelles salutations en sous titres de nos multiples courbettes. Dans un bref instant de verticalité réciproque, je saisis une bien légitime interrogation dans le regard de Mme YAMAGUCHI, et sans attendre la fin de notre gymnastique je réitère mes présentations pour qu'elle puisse me situer précisément. Ce qu'elle fait parfaitement puisque elle me qualifie d'un Marutan-sensei illuminé d'un grand sourire.

Madame Yamaguchi me renomme ainsi plusieurs fois et à voix bien haute afin qu'aucun voisin à l'écoute de s'imagine qu'elle puisse recevoir seule chez elle quelqu'un d'autre qu'honorable et pour rien d'autre que de décent. Ce qui veut dire que Mr YAMAGUCHI doit être de sortie.

Ainsi que comme je l'avais espéré, Madame YAMAGUCHI me prie de la suivre en son modeste logis, et après avoir sacrifié selon les règles au rite du déchaussage je me retrouve dans un vaste salon à l'occidentale donnant sur une immense loggia d'où la vue sur Fukuoka est époustouflante; je n'aurai donc pas sué en vain. J'apprécie le confort du canapé pendant que mon hôtesse prépare du café. Comme je l'avais fort justement supputé n'y a personne d'autre, sans quoi tout autre occupant non grabataire serait immédiatement venu me saluer, ce qui corrobore également l'absence de chaussures dans l'espace d'entrée. Observateur, neh.

J'attends que Mme YAMAGUCHI ait posé son plateau sur la table basse et se soit assise au bord d'un fauteuil à ma droite. En effet, une dame se doit de ne pas se mettre dans une position qui pourrait attirer le regard de son interlocuteur mâle sur ses genoux. Pour montrer que de mon côté je connais un minimum de règles de bonne éducation, j'offre à ce moment-là le paquet qui contient des biscuits d'un bon faiseur réputé du Kansai. Je laisse passer le temps nécessaire au rite des remerciements et je commence par m'excuser à nouveau du caractère soudain pour ne pas dire brusque de ma visite. Entre Japonais ça ne se fait pas trop de débarquer sans annonce préalable et encore moins sans invitation, mais en tant que *gaijin* mon supposé manque de connaissance des us locaux joue en ma faveur. En fait tout simplement je n'ai pas pu trouver le numéro de téléphone de la famille YAMAGUCHI et ainsi les contacter par avance.

En bonne Japonaise bien éduquée, Mme YAMAGUCHI me prie de ne pas me sentir gêné et m'assure que nulle autre visite n'aurait su lui faire plus plaisir. Après un silence, sur le ton le plus badin je demande des nouvelles d'Akiko. Bien qu'elle ne se soit pas départie de son sourire, je note une fugace crispation sur le visage de Mme YAMAGUCHI, légère comme le passage de la brise sur une étendue d'herbes. Sa réponse est comme je m'y attendais : Akiko va bien, mais elle n'est pas ici; elle travaille à Tokyo; seulement elle-même et son mari sont venus à Fukuoka; c'est pour le travail de son mari, et ça fait bientôt quatre ans qu'ils sont ici. Et vient la suite logique, en l'occurrence la raison de ma présence ici.

Je me rapproche du bord du canapé, et je me penche légèrement en avant, juste assez pour me donner l'air concerné qui convient aux circonstances. Pour sa part, Mme YAMAGUCHI a redressé son torse pourtant déjà très droit, dans l'attitude d'attente curieuse qui sied. J'y vais donc de mon histoire, depuis la visite à mon bureau du père de Frédéric jusqu'à ma propre visite impromptue chez elle.

Elle m'a laissé parler mais je sens que ses questions s'accumulent, et la première d'entre elle concerne l'état de Frédéric. Comme elle n'a pas eu l'air de marquer d'étonnement lorsque j'ai parlé de lui j'en déduis qu'elle est au courant de son existence.

- Akiko vous a déjà parlé de Frédéric ?

- Oui, depuis presque le début je crois. Elle semblait très amoureuse et elle m'avait parlé de leurs projets.

- Leurs projets ?

- Oui, ils voulaient se marier aussitôt que Frédéric aurait un travail à son retour en France.

- D'après ce que m'a dit le père de Frédéric le mariage n'avait rien d'immédiat.

- En fait je crois que c'est Mr ANGLADE qui faisait pression sur Frédéric pour qu'ils attendent. Je crois que le père de Frédéric est un homme très autoritaire qui ne supporte pas qu'on s'oppose à sa volonté; enfin c'est ce que m'en a dit Mme ANGLADE.

- Attendez,vous voulez dire que vous connaissez la mère de Frédéric ?

- Oui. Je l'ai rencontrée une fois à Paris tout au début de l'année dernière. Akiko et moi nous avons fait un petit voyage d'une semaine en Europe, et Frédéric est venu nous voir avec sa mère lors de notre passage à Paris.

Ah, les fumelles ! Je m'attends à d'autres surprises.

- Alors là, je découvre des choses ! Mr ANGLADE ne m'en avais pas parlé.

- C'est normal; Mme ANGLADE m'a dit qu'elle n'avait pas mis son mari au courant.

- Et est-ce qu'elle vous a dit pourquoi son mari voulait que Frédéric attende pour se marier ?

- Oui, bien sûr. Mr ANGLADE souhaitait que Frédéric vienne travailler avec lui dans son entreprise, et qu'en attendant il se consacre d'abord à son avenir professionnel.

- Mais Frédéric travaillait dans une autre entreprise, n'est-ce pas. Son père a pu accepter ça ?

- Oui, c'était je crois pour qu'il se construise une première expérience.

- Tout ça me paraît très logique, mais je ne vois pas pourquoi ça aurait pu empêcher Frédéric et Akiko de se marier.

- Mr ANGLADE craignait peut-être que Frédéric soit tenté de partir au Japon pour y vivre .... en tout cas tout allait bien entre les enfants jusqu'au jour où Frédéric a quitté Akiko.

- Frédéric a quitté Akiko?! Mais Mr ANGLADE m'a affirmé l'inverse, et que c'est Akiko qui a voulu cesser leur relation.

- En fait Akiko ne m'a rien dit formellement, mais depuis Février ou Mars elle est devenue très distante. Depuis notre retour d'Europe je ne l'ai pas beaucoup vue, et lors de nos rares discussions au téléphone elle m'a semblée triste et préoccupée. Elle n'a pas voulu que j'aille la voir à Tokyo. Quand je lui ai demandé des nouvelles de Frédéric j'ai bien senti qu'il y avait un problème et j'en ai déduit que Frédéric avait rompu.

- C'est une possibilité, mais alors pourquoi est-ce qu'Akiko a quitté son appartement ?

- Moi je crois que c'est parce que ça lui était insupportable de continuer à vivre là où elle était du temps de Frédéric.

- J'admets que ce n'est pas illogique, mais pourquoi a-t-elle quitté aussi son travail ?

- Elle a quitté son travail ? Je n'en savais rien. Qui vous l'a dit ?

- Je tiens ça du père de Frédéric. D'ailleurs Frédéric est lui-même venu à Tokyo pour tenter de rencontrer Akiko et ce sont des anciennes collègues d'Akiko qui le lui ont dit.

La mine soucieuse de Mme YAMAGUCHI ne laisse aucun doute quant à la véracité de ce qu'elle m'a dit. Je reprends la parole.

- Mais au moins, est-ce que vous savez où se trouve Akiko ?

- Oui, bien sûr; enfin je crois le savoir; d'après les dernières nouvelles que j'ai d'elle , elle est chez mon frère Toshiaki. Il vit dans la banlieue de Tokyo, à Chiba.

Bindidonk ! Dire que j'en étais presque à organiser une battue pour déloger la bête ...

- Et par votre frère, est-ce que vous avez des nouvelles ?

- Pas vraiment. En fait, mon frère a un caractère un peu spécial. Je sais qu'au fond il est gentil, mais il est comme l'eau qui bout. On ne peut jamais rien lui dire car il n'accepte ni conseil ni critique, et pas même les questions.

- Qu'est-ce qu'il fait ?

- Je crois qu'il s'occupe de finances pour un cabinet privé.

- Excusez-moi si je vous pose cette question un peu personnelle : est-ce que vous avez trouvé normal que votre frère Toshiaki prenne le nom de sa femme au moment de son mariage ? Surtout que votre frère aîné Junichiro en avait fait autant .....

- Vous êtes bien informé je vois .... en fait, ce n'est pas du tout indiscret puisque ce sont des choses publiques. Pour mon frère aîné, Junichiro, comme il se destinait à la magistrature et qu'il s'est marié avec une fille INABATA, et que cette branche des INABATA produit des juges renommés à chaque génération, il fallait bien un garçon pour continuer le nom ..... et comme du côté des INABATA il n'y avait plus que des filles .....

- Oui, je connais cette coutume ..... mais dans le cas de Toshiaki qui était destiné à reprendre l'entreprise de votre père .....

- Pour Toshiaki, qui était très fier d'être un fils MARUTA et en plus l'héritier, la chute de l'entreprise de mon père a été une chose terrible. Vous voyez, au delà des problèmes financiers qui sont survenus, le plus dur a été pour son orgueil.

- Comment ça ?

- Donc, dès qu'il est entré au lycée, vers 15 ans, mon père a obligé Toshiaki à travailler à l'usine pendant ses vacances scolaires. Au début il a détesté ça, mais rapidement il a pris goût au respect et à la déférence de la part des ouvriers et des directeurs, et il a fini par se considérer comme un petit seigneur. Je peux même dire qu'il a été plus affecté par la chute de l'entreprise que par la mort de mon père.

- Vous voulez dire qu'il n'aimait pas beaucoup votre

père ?

- Non, non. Je me suis mal exprimée. En fait pour Toshiaki, mon père était une sorte de dieu et il a été très affecté par sa mort. Mais la disparition de l'entreprise l'a aussi affecté socialement car il y perdait son statut.

- Je comprends ..... mais ça ne l'a pas empêché de se marier .....

- Non, mais il n'a pas fait un mariage d'alliance; il a épousé une ancienne camarade de fac, Mari TATSUMI. Les TATSUMI sont des gens simples; le père est architecte je crois.

- Mais pourquoi changer de nom ?

- Personnellement je n'y ai vu que du bien, en me disant que Toshiaki voulait tirer un trait sur le passé pour se consacrer à sa nouvelle vie.

- Et sa femme, Mari n'est-ce pas ....

- ..... oui, Mari TATSUMI ....

- ..... elle était fille unique ?

- Non, pas du tout. Elle a un frère cadet, architecte lui aussi.

Le mystère s'épaissit car une famille adopte le mari au moment du mariage de la fille dans le but de voir perpétuer le nom par les futurs enfants du jeune couple, mais surtout quand il n'y a pas d'enfant mâle.

- En fait, ça n'a peut être aucune importance ..... le principal c'est que Toshiaki ait trouvé son équilibre.

- Je le lui souhaite de tout mon coeur, mais comme il ne contacte presque jamais personne de la famille, c'est un peu difficile à savoir.

- Même votre mère ?

- Oh la pauvre, avec tout ce qui s'est passé elle ne sait plus très bien comment va le monde. Elle n'est pourtant pas très âgée ..... elle vit chez mon frère aîné Junichiro, à Matsuyama.

- Je suis désolé .....

- Non, je vous en prie. Mais en ce qui concerne Akiko, qu'est-ce que vous comptez faire ?

- Je vous avoue que je ne veux pas travailler pour Mr ANGLADE. Mais d'un autre côté je me soucie de Frédéric et d'Akiko, parce que tous deux semblent pris dans quelque chose qui les dépasse. Et puis, il y a vous qui vous inquiétez pour votre fille et Mme ANGLADE pour Frédéric .....

- Ah comme j'aimerais que tout redevienne comme

avant .....

- Ecoutez, il y a peut-être une possibilité ....

- Vous avez une idée ?

- Voilà, je vais continuer mon enquête et essayer de voir Akiko. D'un autre côté je vais prendre contact avec Mme ANGLADE .....

- Voulez-vous qu'on lui téléphone ?

- D'ici ? Maintenant ?

- Oui, il doit être sept ou huit heures du matin en France .....

- C'est un peu tôt pour un dimanche, mais pourquoi pas.

Je farfouille dans mon sac et rapidement j'en sors mon petit carnet d'adresse. Mme YAMAGUCHI m'apporte le téléphone et je compose le numéro que m'a donné le sieur ANGLADE. J'ai une petite appréhension en pensant que c'est lui qui risque de décrocher, mais je ne risque pas de prendre une baffe par téléphone ...

A la quatrième sonnerie, une voix féminine m'accueille. Chance, je suis tombé directement sur Mme ANGLADE, juste sur le point de sortir pour aller à la première messe avant de se rendre à la maison de repos pour voir Frédéric. En peu de mots je me présente et la mets au courant : non, je ne veux plus travailler pour son mari, oui je pense savoir où se trouve Akiko, oui je vais aller la voir, oui les choses pourraient s'arranger. Je lui transmets les salutations de Mme YAMAGUCHI et je transmets les siennes en retour. Je promets de la tenir au courant, mais elle même doit me promettre de ne pas avertir son mari. Mais oui elle peut en parler à Frédéric, mais qu'ils gardent le secret pour eux deux.

Et là Mme ANGLADE s'épanche et me dit que son mari ne voit en Frédéric, et n'a jamais vu en lui qu'un successeur à ses propres affaires, que c'est un monstre d'égoïsme et que si elle restait avec son mari ce n'était que pour être constamment à même de protéger Frédéric.

Je n'ai que des banalités pour la consoler, et je le regrette d'autant plus que tout ce qui est dans le cas opposé au sieur ANGLADE a ma sympathie spontanée. En tout cas je ne lui ai rien dit du fait que du côté des YAMAGUCHI on pense que c'est Frédéric qui a rompu.

Je raccroche et je fais mon petit rapport à Mme YAMAGUCHI, et j'ai droit à une série de *yokatta* (tant mieux) en retour.

Le temps a passé et il me faut songer à mon avion. Très gentiment Mme YAMAGUCHI me commande un taxi, et en l'attendant elle me prépare les adresses de ses deux frères avec leurs numéros de téléphone. Elle m'indique aussi comment joindre la jeune soeur d'Akiko, Natsuko, qui réside à Nagoya où elle prépare une maîtrise de littérature anglaise. Elle est très liée avec Akiko, bien qu'elle se soient un peu perdues de vue pendant l'année que Natsuko vient de passer en Angleterre. Néanmoins ce ne sera pas inutile de lui parler.

Nous nous séparons sur le seuil de l'appartement par de longues salutations avec courbettes et serrements de mains à vingt doigts. Nous avons encore les phalanges entremêlées lorsque surgit au bout du couloir un Monsieur YAMAGUCHI tout chargé de son équipement de golf avec des yeux tout ronds sous sa casquette en tweed.

Mme YAMAGUCHI fait les présentations et suggère à son mari qu'ils m'emmènent tous deux en voiture à l'aéroport, ce qui nous donnera l'occasion de bavarder un peu n'est-ce-pas. Mr YAMAGUCHI accepte tout de suite avec un grand sourire en s'excusant de ne pas l'avoir proposé lui-même immédiatement, alors qu'à l'issue de sa journée en plein-air il devait rêver à un bon bain bien chaud.

Le temps de trajet est finalement bien court et j'ai à peine fini de relater ma discussion avec la mère de Frédéric que nous arrivons à l'aéroport. Le père d'Akiko se fait un vrai souci pour sa fille et me demande de prendre contact avec elle et de leur transmettre de bonnes nouvelles. Et si possible de la convaincre de venir les voir ou bien de les laisser venir la rencontrer à Tokyo. Comme je m'y attendais il me proposent de me rémunérer pour mes services, mais je refuse. C'est toujours une affaire délicate avec les Japonais en dehors d'une transaction vraiment commerciale. Ma femme et moi avons souvent fait des choses que nous considérions comme un service, mais comme le fait de payer libère les Japonais en matière de giri (obligation ineffaçable), nous avons accepté une rémunération uniquement pour qu'ils se sentent dégagés vis à vis de nous.

J'argumente contre l'insistance des YAMAGUCHI en invoquant le fait que je connais Akiko et Frédéric et qu'à ce titre je me sens concerné. Après force courbettes la partie de ping-pong prend fin à mon avantage, mais tous deux tiennent absolument à m'accompagner jusqu'à la porte d'embarquement, non sans être passés à une boutique pour me remettre deux grands sacs pleins de friandises et de spécialités du cru.

Je suis un peu encombré pour les derniers mélanges de phalanges car il serait inconvenant de poser les présents à terre, mais finalement je m'en sors assez bien et je passe sous le portique à reculons et incliné dans un dernier salut. A ma suite moi, la file de passagers attend patiemment, ce qui serait loin d'être le cas dans n'importe quel aéroport occidental et en particulier parisien.

Le vol de retour me paraît bien court tant j'ai de choses auxquelles réfléchir. Je ne peux pas encore avoir de vision globale du puzzle, mais certaines pièces m'apparaissent déjà comme des éléments clé. Rencontrer Akiko ne sera sans doute pas bien difficile, mais j'ai le sentiment que c'est le frère de Mme YAMAGUCHI qui est le point central de toute l'affaire; et d'après ce que j'ai entendu sur lui, il va être ardu d'en tirer quelque chose.

En tout cas je fais la joie de toute la famille sur trois générations y compris les collatéraux avec mes deux gros sacs de spécialités de Kyushu, dont les fameux *shiitake*.

Livre 2
Chapitre 6

C'est donc dans l'attente de mon retour de Nagoya que j'ai laissé mon petit monde ce mercredi matin. J'ai pris contact avec Natsuko, la soeur cadette d'Akiko et nous avons rendez-vous en début d'après-midi au Kokusai-Center Bilu (Building du Centre International). Depuis quelques années j'y ai établi une annexe locale et j'y loue régulièrement un bureau à la journée. Non seulement l'endroit est pratique, à dix minutes de la gare centrale par la galerie marchande souterraine, mais c'est un point de rencontre autrement représentatif qu'un quelconque café ou hall d'hôtel où les Japonais se donnent fréquemment rendez-vous y compris pour les affaires.

Le seul inconvénient avec ce système fort pratique de liaisons souterraines, c'est que je n'ai aucune vision aérienne de la ville. Alors une fois je me suis offert le luxe d'arriver une heure en avance pour pouvoir faire une petite promenade au niveau du sol.

Par rapport à Osaka et Kobe, d'une incroyable

densité de population et où les immeubles créent une paysage urbain ininterrompu, Nagoya me procure une impression d'étirement comme un tissu à maillage lâche, du lin par exemple. A part le centre de ville proche de la gare, la continuité des immeubles au long des avenues est hachée par le vide de terrains vagues ou de minuscules échoppes au toit de tôle, et des maisons en bois à l'ancienne.

Pour moi Nagoya a une atmosphère provinciale qui est loin de me déplaire. Ici les gens se retourneraient en riant sur un extra-terrestre bariolé comme il y en a tant dans le quartier de Harajuku à Tokyo. Le plus caractéristique de la mode ici semble être les mini-jupettes plissées des collégiennes et des lycéennes complétées par les inévitables chaussettes blanches qu'elles portent très relâchées, un peu à la manière des molletières des danseuses à l'échauffement. Ma Choupinette appelle ça des chaussettes nez d'éléphant. Les garçons du même âge eux, arborent un uniforme largement deux ou trois tailles au dessus de leur stature, et portent le pantalon sur les hanches de manière à laisser voir le haut du caleçon. Chaque fois que je me rends à Nagoya j'ai l'impression de retourner de dix ou quinze ans dans le passé.

Par contre, dans les boutiques des galeries marchandes tout au long de mon trajet jusqu'au Kokusai Center, les articles de mode et la maroquinerie sont à l'égal de ce qu'on peut trouver à Tokyo et à Osaka.

J'ai un peu surestimé mes capacités de marcheur et depuis l'arrivée de mon train j'ai mis cinq bonnes minutes de plus que prévu. Je n'aime pas faire attendre les gens, surtout que les Japonais ont tendance à arriver en avance. Le fameux quart d'heure de politesse si pratique pour les Français est ici inversé, et que ce soit pour un spectacle, un rendez-vous, une sortie au restaurant ou une soirée privée chez soi, il faut s'attendre à les voir débarquer avant l'heure convenue. Je perds encore du temps en attendant les ascenseurs. Je dis bien les et non pas le, parce qu'il y en a plusieurs, avec des express et des omnibus. Comme il y a deux blocs, avec des cabines devant et derrière, il faut bien penser à surveiller la petite lumière au dessus de chaque colonne pour savoir quel sera le prochain véhicule.

Je suis perdu dans mes pensées, et au premier

tintement qui annonce l'arrivée d'une cabine, je fonce dedans et me retrouve dans un express qui ne s'arrêtera pas avant deux ou trois étages au-dessus de ma destination. Comme je ne veux pas répéter la manoeuvre pour la descente, je me tape deux longueurs de couloir, l'une pour aller aux escaliers qui bien sûr se trouvent à l'autre bout du bâtiment, et l'autre pour revenir au niveau de l'accueil à mon étage.

Le résultat, c'est que je suis non seulement dix minutes en retard, mais tout rouge et essoufflé, et avec un pan de chemise au vent. En plus j'ai les mains moites, mais ce n'est pas trop gênant pour les salutations à la japonaise.

J'ai tôt fait de repérer Natsuko, qui semble absorbée dans la lecture des diverses affiches qui ornent le couloir près de l'entrée de la bibliothèque internationale. Je profite de ce qu'elle ne m'a pas encore vu pour passer par la case toilettes et m'y refaire une tenue, me laver les mains et me passer de l'eau fraîche sur le visage et un coup de sniff aux aisselles.

Me voilà présentable. Je m'approche d'elle et j'ai de plus en plus l'impression de revoir Akiko telle que je l'ai vue la dernière fois il y a trois ans. Les rites d'identification réciproque et les salutations expédiés, je lui demande d'excuser mon retard, dû à ma seule faute. Au contraire des Français qui présentent une raison avec leurs excuses, les Japonais n'en donnent pas.

De toute façon si je lui avais dit que mon train était en retard j'aurais eu l'air d'un menteur car les *shinkansen* (l'équivalent du TGV) sont d'une ponctualité que la SNCF ne connaît plus depuis belle lurette. Bien sûr ça arrive de temps en temps mais un retard de dix minutes d'un *shinkansen* fera l'objet d'une annonce avec reportage aux actualités de toutes les chaînes de télévision, nationales comme régionales, avec excuses du directeur de la compagnie.

Natsuko me dit qu'elle même n'était pas à l'heure et qu'elle vient juste d'arriver. Comme quoi si le mensonge convient à tout le monde, il en acquiert de la légitimité à défaut de moralité. Bon, et bien nous voilà à l'aise pour commencer notre discussion. Je la précède vers le lobby car le délai pour la rencontrer a été trop court pour pouvoir louer un bureau, mais finalement ici ce sera plus convivial. Comme je loue régulièrement des espaces ici, pour moi ou des exposants français, je suis traité en VIP et à peine sommes-nous assis qu'une jeune femme en uniforme nous apporte du *genmai-cha*, une variété de thé vert avec des grains de riz grillé et soufflé.

Je demande à Natsuko si ça ne la dérange pas que nous discutions en anglais. Elle acquiesce gentiment et je commence par lui exposer les raisons de ma visite. En fait elle le sait bien puisque nous avons déjà parlé au téléphone, mais il faut bien commencer par quelque chose et surtout pas attaquer d'entrée. Elle me répond que sa mère l'a mise au courant,et qu'elle aussi voudrait bien reprendre avec Akiko leurs relations d'avant son voyage en Angleterre.

- Qu'est-ce qui a changé ?

- Avant on se parlait beaucoup, même une fois qu'elle était partie travailler à Tokyo. Maintenant c'est toujours moi qui l'appelle.

- Et quelle impression vous avez ?

- En fait elle ne parle pas beaucoup. C'est peut-être stupide de ma part, mais c'est comme si quand elle me parle, il y avait quelqu'un près d'elle qui la surveille et qui l'écoute.

- Mais avec un portable c'est assez facile de s'isoler, non ?

- C'est vrai, mais elle n'a pas de portable. Je l'appelle toujours vers la fin d'après-midi chez mon oncle, Toshiaki.

- C'est elle qui décroche ?

- Non, c'est toujours ma tante et parfois mon oncle.

- Et la dernière fois que vous lui avez parlé ...

- En fait ça remonte à plusieurs semaines. D'après ma tante, elle est à un séminaire de formation pour son entreprise. Je n'ai pas pu avoir de détails.

- Au fait, qu'est-ce qu'il fait votre oncle ?

- Je sais qu'il est dans la finance, une sorte de conseiller pour les placements ....

- Il travaille à son compte ?

- Je n'en sais rien, mais je ne pense pas.

- Et Akiko, elle travaille avec votre oncle Toshiaki ?

- Je ne sais pas du tout; je lui ai demandé ce qu'elle faisait maintenant mais elle ne m'a pas répondu. Je sais seulement ce que m'en a dit ma mère.

- Vous n'avez pas pensé aller la voir à Tokyo ?

- Si bien sûr; avec ma mère on avait même projeté

d'y aller ensemble, mais Akiko nous a demandé de ne pas venir.

- Ca ne vous semble pas bizarre ?

- Bien sûr que si ..... mais la fin de sa relation avec Fran... comment déjà ....

- Frédéric.

- Oui, avec Frédéric. Elle tenait beaucoup à lui et ça a dû lui faire un choc terrible.

- Vous croyez que c'est lui qui a rompu ?

- Je pense comme ma mère. Akiko était très amoureuse et c'est difficile d'imaginer que c'est elle qui a cassé.

- J'ai vu le père de Frédéric; c'est lui qui m'avait chargé de retrouver Akiko parce que Frédéric était tombé malade depuis leur rupture ..... et la disparition d'Akiko. Pour lui c'est Akiko qui a quitté Frédéric .....

- Mais ma mère m'a dit que vous ne faîtes pas confiance à cet homme, son père ...

- Ce n'est pas que je ne lui fasse pas confiance, mais il a des manières très impolies et des méthodes plutôt brutales. Pourtant sa douleur en ce qui concerne l'état de Frédéric est sincère. De plus sa mère m'a confirmé que Frédéric était tout de suite venu à Tokyo pour revoir Akiko dès qu'elle lui avait annoncé leur rupture. Pour moi il n'y a aucun doute que le problème est venu d'Akiko.

- Pour moi toute cette histoire est très bizarre .....

- Pour vous dire le fond de ma pensée, tout tourne autour d'une personne : votre oncle Toshiaki. Ce n'est qu'une intuition.

- Mais quelle relation avec Akiko ?

- Je n'en sais rien, mais il y en a forcément une puisque maintenant elle habite chez lui.

- Mais c'est parce elle avait quitté son petit appartement et ça lui permettait de rester à Tokyo pour son travail.

- Vous oubliez qu'elle a quitté son travail exactement au même moment.

- Ah oui, c'est vrai ....

- Donc c'est très possible que ce soit à la demande, voire l'injonction de votre oncle Toshiaki que Akiko ait rompu avec Frédéric et quitté son travail, n'est ce pas?

Elle réfléchit un instant en faisant une petite moue qui fait apparaître sur sa joue gauche la même fossette apanage des dames et demoiselles de la famille. Moi j'aime.

- C'est logique mais difficile à imaginer pour quelle raison.

- C'est ce que je vais m'efforcer de trouver.

- Vous avez l'intention d'aller à Tokyo ?

- Oui, mais je vais d'abord essayer de collecter quelques informations.

- Voulez-vous que je prévienne Akiko ?

- Non, non. Surtout pas. Ne changez rien à vos habitudes et tenez-moi au courant si vous apprenez quelque chose de nouveau. Ah, une dernière chose; pouvez-vous s'il vous plaît m'indiquer l'adresse de votre oncle Toshiaki ?

- Je vous l'envoie par mail. Comptez sur moi. Merci beaucoup d'être venu.

- Non, je vous en prie. C'est moi qui vous remercie pour le temps que vous m'avez consacré.

Nous nous séparons sur quelques courbettes. Prétextant quelque chose à faire avec l'administration du bâtiment, je la laisse disparaître dans l'ascenseur. En fait je veux marcher en solitaire jusqu'à la gare pour être seul dans mes cogitations. Je n'arrive pas à me sortir de la tête que le sieur Toshiaki est la clé du problème et que je dois concentrer toutes mes recherches sur lui.

Je suis tellement absorbé dans mes pensées que j'en oublie presque d'acheter des *uiro*. Heureusement qu'il y a des boutiques jusque sur les quais. C'est une pâtisserie typique de Nagoya, faîte à base pâte de haricots. Ça ressemble aux pâtes de fruits, en plus compact et en moins aromatique. Comme je sais que ma nichée n'en est pas friande, je me contente de deux boites, une pour les beaux-parents et l'autre pour le bureau.

Je profite de mon voyage de retour pour préparer un long mail pour l'ami Derek qui va sûrement pouvoir me donner des informations intéressantes.

Livre 2
Chapitre 7

Dans le *shinkansen* qui me ramène à Osaka, je fais le point mentalement sur toute cette histoire. Apparemment, Akiko s'est subitement détournée de tout ce qui faisait sa vie de jeune femme épanouie et non seulement elle a rompu sans explication avec son fiancé Frédéric, mais elle a aussi coupé les ponts avec ses amies, sa proche famille, à l'exception d'un oncle finalement pas très proche, chez qui elle habite à Tokyo.

Ce tonton me semble au coeur du problème, et je décide d'en savoir plus sur le quidam.

Je descends du train à la gare de Shin-Osaka et je me rends à mon bureau tout proche. Dans l'ascenseur je me retrouve avec une grande perche à menton carré qui fait une tête de plus que moi et déguisé(e) en écolière à couettes. J'en ai déjà vu avec des traits véritablement féminins et je comprends qu'on puisse s'y tromper. Mais là il n'y a aucune place pour le doute au vu du visage osseux et de ses poignets larges. Les chevilles itou. Sans parler de ses genoux de caribou.

Il y a un club de *cosplay* (de l'anglais costume et play) juste en dessous de mon bureau, et ça me donne souvent l'occasion de voir en nature ce qu'on nous montre fréquemment à la télé. Ce n'est pas sans raisons que les Japonais ont inventé la technologie hybride. Il arrive parfois qu'une de mes élèves fasse le trajet en ascenseur avec l'un de ces êtres indéfinis et qu'elle arrive à mon cours complètement terrorisée. J'ai du mal à comprendre pourquoi, car le risque de viol furtif est au niveau zéro.

A peine refermée la porte de mon bureau, je décroche mon téléphone et j'appelle mon ami Derek. En bon journaliste il est toujours à l'écoute et il décroche immédiatement.

- Salut Big D. Tu vas bien ?

- A G'day frenchie. You right mate ?

- OK, OK. Tu as cinq minutes, là tout de suite ?

- OK, no worries. Quoi tu as besoin de ?

- Bon, voilà. Tu te rappelles la liste de noms que tu m'as donnée quant tu as cherché cette fille, Akiko Yamaguchi ?

- Oui ....

- Grâce à toi je l'ai retrouvée, et je sais même où elle habite. J'ai rencontré sa famille, et ils aimeraient bien savoir ce qui se passe, parce qu'elle ne donne plus de nouvelles depuis plusieurs mois. Elle habite à Tokyo, chez son oncle, le frère cadet de sa mère.

D'après des gens que j'ai rencontrés dans sa petite ville d'origine, le personnage n'est pas des plus sympathiques.

- Bon, tu vas faire Zorro.

- En quelque sorte, mais à Tokyo, je risque de me faire repérer avec le costume, le masque et le cheval. Quoiqu'à Harajuku .....

L'ami Derek se fend la pipe, et je lui raconte tout au sujet du gamin gâté, futur héritier spolié. Il prend note du nom, Toshiaki TATSUMI né MARUTA et de l'adresse. Il me promet des informations rapidement et on se quitte.

Il ne faut pas une heure avant que Derek ne me rappelle, avec tout ce que je voulais savoir.

Toshiaki TATSUMI dirige une petite agence de courtage et de placements financiers. Ça ne se passe pas mal pour lui, et du côté de ses affaires il n'y a rien de spécial à signaler. Par contre, c'est sa vie parallèle qui semble intéressante. Il est le mentor d'une sorte de secte, héritée du grand-père de sa femme, et qui en est à la quatrième génération de gourous TATSUMI.

Le fils TATSUMI, l'architecte, lui, ne semble pas lié à la secte, pas plus que le petit-fils d'ailleurs. Ça, ça peut être une des raisons d'avoir fait une procédure d'adoption au mariage. En fait ça arrange tout le monde.

Le fils TATSUMI et le petit fils qui se trouvent ainsi dégagés de quelque chose dans quoi ils ne souhaitaient pas forcément s'impliquer.

Le grand-père, pour assurer la perpétuation du nom TATSUMI et vraisemblablement la continuité de la secte.

Et finalement Toshiaki qui de MARUTA devient TATSUMI. Et ça c'est plus que certainement lié à la secte, mais dans quel intérêt ?

Quant à savoir ce qu'ils prônent, de la culture des légumes sur son balcon à l'avénement cosmique de je ne sais qui ou de je ne sais quoi, l'éventail est trop large de possibilités pour qu'on puisse se livrer à la moindre spéculation.

De toute façon, pour avoir malgré moi fréquenté des

adeptes de tous acabits et d'obédiences diverses et divergentes, je ne peux que me faire du souci pour Akiko qui semble être directement sous la coupe de son tonton-gourou..

C'est la tête en ébullition que je prends congé de Derek et que je raccroche, puis que je prends le chemin du retour vers le bercail.

J'ai tellement de matière à cogiter que j'en oublie presque de descendre à Shukugawa, pour me rendre à mon bureau situé juste en face. J'ai des cours de sept heures à neuf heures et je n'ai que peu de temps pour tout mettre en place.

Une fois le travail terminé, je rejoins la maison avec un pack de Asahi, une bière locale.

D'abord je raconte toute l'affaire à Choupinette qui ne peut être que de bon conseil. Elle m'éclaire sur le nom de la secte de Toshiaki TATSUMI, dans lequel il y a le nom Inugami qui dans la mythologie japonaise est une sorte d'esprit de la vengeance. Tiens tiens, compte tenu du parcours du tonton, la vengeance pourrait bien se trouver au centre de tout. Le changement de nom serait ainsi un paravent pour agir incognito. D'autant qu'il a de la matière à portée de main. Mais Akiko dans tout ça, est-ce qu'elle aurait un rôle. Si oui lequel ?

Il faut absolument que j'en apprenne davantage sur le tonton et je décide de retourner à Minoo voir la gentille grand-mère d'Etsuko.

Trois jours plus tard, avec Choupinette-chan qui fait partie du commando, nous allons nous régaler d'un *okonomiyaki* dans la petite gargotte de la grand-mère. J'ai préparé une liste de questions, mais en fait comme la conversation se tiendra essentiellement en japonais, c'est Choupinette qui mènera le jeu. Je lui confie donc le bébé et je lui fais bien répéter les consignes.

Nous arrivons plutôt vers la fin de service, et bien qu'occupée avec une demi-douzaine de clients, la grand-mère vient nous accueillir comme si nous étions ses propres enfants.

Ma Choupinette-chan est aux anges, comme à chaque fois que je la convie à des agapes, aussi frugales soient elles. Elle aime cet endroit tout simple et convivial.

La grand-mère attend que son dernier client soit

parti, et elle vient s'attabler avec nous avec une grosse théière. Je fais les présentations, bien qu'Etsuko ait prévenu sa grand-mère et que de mon côté j'aie renseigné Choupinette-chan.

Comme il se doit, la conversation tourne sur les banalités d'usage, puis sentant venu le moment propice, Choupinette-chan demande à mère-grand de lui raconter l'histoire de la famille MARUTA et de lui parler en particulier du jeune Toshiaki.

Trop heureuse de parler, la grand-mère ouvre le robinet et nous raconte l'histoire du trop naïf Mr Kenichi MARUTA et de sa tragique destinée.

Elle ne sait rien dans les détails mais globalement Mr MARUTA dirigeait une entreprise familiale longtemps prospère et qui a dû fermer brusquement, son unique client s'étant tourné vers d'autres fournisseurs.

Elle nous parle de la pauvre Mme Hanako MARUTA, sa femme, qui a dû prendre en mains tous les problèmes, Mr MARUTA ayant eu une attaque cérébrale dont il n'a jamais pu se remettre. Elle a ainsi réglé la liquidation de l'affaire, la vente des bâtiments et des terrains, et assuré une fin de vie la plus douce possible pour son mari. Lui, il ne s'est jamais remis et a décliné lentement mais inexorablement et il est mort pratiquement le jour de son soixante-dixième anniversaire.

Je voudrais que la conversation tourne sur Toshiaki, mais la grand-mère est intarissable sur Mme MURATA, qui a été si bonne en veillant personnellement à ce que tous les employés de Maruta Denki reçoivent un pécule décent lors de la fermeture de l'entreprise.

A ma question concernant la résidence actuelle de Mme MARUTA, elle nous confirme qu'elle vit à Shikoku chez son fils aîné. Assez régulièrement, on peut la voir à Minoo où elle se rend au cimetière sur la tombe de son défunt mari.

Je saute sur l'occasion pour qu'elle s'étende un peu sur le fils cadet, Toshiaki, et tout ce qu'elle nous dit va dans le sens de mes supputations. En bref, comme le fils aîné avait choisi une autre voie, le père en avait fait l'héritier de l'entreprise.

Dès ses quinze ans, le jeune homme passait toutes ses vacances scolaires dans l'entreprise pour apprendre le métier à la base. Mêlé au petit peuple des ouvriers, non seulement il appréciait leurs marques de déférence envers sa personne, mais il pouvait se montrer méchant s'il estimait qu'on ne lui avait pas montré autant de respect que ce qu'il estimait devoir mériter.

Je demande à la grand-mère si elle se souvient d'exemples précis, mais rien de particulier ne lui revient en mémoire. Par contre tout le monde se méfiait de lui parce qu'il était capable, des mois voire des années après, de faire punir une personne. Personne n'y échappait, pas même les cadres. Cela créait un climat malsain dans l'entreprise lorsqu'il était là, et tous se faisaient du souci en pensant au jour où le père lui passerait le relais. En tout cas tout le monde s'accordait à dire qu'il avait été plus gravement affecté par la faillite de l'entreprise, qui mettait fin à ses ambitions et ses projets d'avenir, que par l'infortune de son père que pourtant il révérait profondément.

La conversation retourne à des généralités comme l'injustice de l'existence et des vicissitudes de la destinée, et après une dizaine de minutes nous prenons congé sur la promesse de revenir voir la gentille grand-mère.

Bien que je lui aie déjà relaté les grandes lignes de l'histoire, du moins ce que j'en savais, Choupinette-chan est impressionnée au point de ne pas piper mot tandis que nous regagnons le parking.

Elle reprend vie pendant le trajet du retour chez nous, et nous discutons de la sagesse de prendre contact avec Mme Hanako MARUTA pour qu'elle nous parle de son fils cadet. Nous nous mettons finalement d'accord passer un coup de fil à la soeur de Toshiaki, la mère de Akiko, mais de laisser leur mère à l'écart.

Il y a une autre chose que j'aimerais approfondir, au sujet de l'avocat qui a assisté Mme MARUTA pour la liquidation des affaires de son mari. J'espère que la mère d'Akiko pourra nous donner des informations.

Livre 2
Chapitre 8

Pas plus tard que le lendemain matin, je passe un coup de fil à Fukuoka. La mère d'Akiko, Mme YAMAGUCHI, me fait fête. Je lui fais un résumé succinct de mes investigations. Elle est bien sûr au fait de la teneur de ma rencontre avec sa seconde fille à Nagoya, et ce que je lui apprends de ma visite à Minoo et des informations transmises par Derek semblent l'inquiéter.

J'ai bien fait de ne rien lui dire de ce que j'ai appris par mes contacts à la police de Kobe.

Lorsque je lui propose de nous voir à nouveau, elle m'informe de sa venue prochaine dans le Kansai, ainsi que de celle de son frère aîné, qui sera accompagné de leur mère, Mme Hanako MARUTA. Ce sera très prochainement l'anniversaire de la mort de leur père, et ils se retrouveront pour se rendre ensemble au cimetière.

A ma question de savoir si le frère cadet Toshiaki y sera également, elle ne peut m'en assurer, car il n'a jamais répondu aux invitations précédentes.

Nous convenons d'une rencontre dans le hall de

l'Hôtel Hilton à Osaka. Les quelques jours qui nous en séparent me laissent le temps de demander de nouvelles informations à Derek.

Le jour venu, Choupinette-chan et moi, attendons dans le hall du Hilton. Comme je ne connais pas tout le monde, je ne cesse de regarder qui entre à chaque fois qu'une porte s'ouvre. Finalement, c'est Natsuko, la petite soeur d'Akiko qui se présente la première. Elle m'a pris un peu par surprise en arrivant du côté des ascenseurs, ce qui est finalement logique car la famille a dû réserver des chambres dans l'établissement.

Je fais les présentations, et Choupinette-chan s'extasie sur la ressemblance entre les deux soeurs, ce que Natsuko paraît considérer comme un compliment.

Natsuko nous explique que les autres vont arriver dans quelques minutes, se trouvant actuellement dans la chambre de sa grand-mère où elle va prendre quelques heures de repos.

Effectivement, peu de temps après, arrivent les parents d'Akiko, Mr et Mme YAMAGUCHI, avec un homme grand et mince, le frère aîné Junichiro accompagné de sa femme. On se salue, et avec tout ce joli monde qui se fait des courbettes à répétition, dans tout autre endroit qu'au Japon on pourrait penser à un club d'aérobic en démonstration publique.

Pour la commodité et la confidentialité de notre rencontre, ils ont réservé un salon privé, vers lequel nous guide une hôtesse en uniforme et petit calot. A peine sommes-nous assis dans de profonds canapés autour d'une massive table basse, que nous nous levons à nouveau à l'entrée de deux nouvelles personnes.

Mme YAMAGUCHI nous présente Maître ISHII, l'avocat de sa mère, et sa femme Hiroko, qui sous le nom de SATO avait travaillé avant son mariage plusieurs années dans le service du secrétariat de direction du PDG de Yotsuyo Industries, Mr Shigeru HYAKKOKU.

Une fois tout le monde assis, l'oncle d'Akiko, Mr Junichiro INABATA, en tant que fils aîné entame les débats.

Il nous fait un résumé du déclin et de la chute de l'entreprise de son père, Maruta Denki K.K. en mettant l'accent sur le rôle joué par Yostsuyo Industries K.K en général et par Mr Shigeru HYAKKOKU en particulier. Il n'y a aucune acrimonie ni dans son vocabulaire ni dans son intonation. Il est juge de son métier, et c'est en magistrat impartial qu'il veut être regardé. Il nous rappelle que tout cela est terminé, et que de toute façon l'entreprise était condamnée telle que la gérait son père.

Il passe ensuite la parole à Me ISHII, qui nous révèle, à moi tout du moins, comment l'entreprise de la famille de sa femme a subi le même sort que l'entreprise Maruta Denki. Il nous expose également le parcours de sa femme, qui sous le nom de Hiroko SATO avait intégré Yotsuyo Industries dans le but secret de se venger, et qui progressivement avait mis son projet au placard.

Elle avait néanmoins constitué un dossier de documents écrits et enregistrés en pensant qu'un jour tout cela pourrait servir à une mise en cause publique de Yotsuyo Industries et du clan HYAKKOKU.

Puis, le frère aîné reprend la parole :

- Je ne suis pas persuadé que la vengeance soit une bonne chose, mais si l'occasion se présente d'impliquer la famille HYAKKOKU à travers Yotsuyo Industries, cela ne peut que s'appuyer sur des malversations commises et des collusions avec des partenaires commerciaux, financiers et politiques. Le système de justice au Japon est très bien conçu pour affronter ces situations.

Cependant, d'après les affirmations de Marutan-sensei (votre serviteur), je suis désormais certain qu'une personne de notre famille a mis ou est entrain de mettre en place quelque chose pour venger notre père. De plus Yotsuyo Industries n'existant plus, aucun recours légal ne peut être entrepris contre le groupe qui les a rachetés. Marutan-sensei, s'il-vous plaît.

Je me lève, car mon métier de professeur j'ai pris le tic de parler debout.

- Merci. Bon, je pense que vous êtes tous au fait de mes recherches concernant Akiko, votre fille et nièce. Des contacts avec d'anciens ouvriers de l'usine de Minoo, et les informations provenant d'un ami journaliste travaillant à Tokyo, vont dans le sens d'une possible menace de machination dirigée par votre frère Toshiaki. Toutes les informations que j'ai recueillies vont dans le sens d'un caractère autoritaire, vindicatif et manipulateur. Ainsi qu'il prenne le nom de sa femme revêt tout son sens : une tenue de camouflage en quelque sorte.

Mon idée est qu'il envisage d'utiliser Akiko comme instrument de cette machination. Comme vous le savez, il est à la tête d'une secte qui se réfère à un esprit de la vengeance nommé Inugami, le dieu chien.

C'est sans doute dans le but de trouver les moyens de mettre en oeuvre son projet de vengeance qu'il est devenu membre de la secte, et pour en devenir le gourou il a dû montrer tout ce qu'il faut en détermination en en charisme. Il a pris la relève du grand-père après avoir suivi une procédure d'adoption lors de son mariage, et en prenant le patronyme de TATSUMI, il est devenu le fils successeur en lieu et place du frère de sa femme. C'est donc lui qui tient les rênes de la secte.

En ce qui concerne Akiko, il y a fort à parier qu'il l'a inscrite dans un plan, mais allez savoir lequel. Il doit la tenir en l'obligeant à se soumettre à ses obligations familiales, du moins telles que lui les voit.

Mon contact à Tokyo a effectué des recherches sur cette secte et a découvert qu'une dizaine de fois depuis sa création il y a plus de cent ans, la secte a été approchée par les services de police au sujet de disparitions pouvant impliquer des adeptes. Jamais rien n'a pu être trouvé ni encore moins prouvé, le seul fil conducteur étant cette appartenance commune à la secte des supposées victimes. Ceci pour les cas connus, d'autres étant certainement à y rattacher. Sans être criminelle, sauf preuves du contraire, il semble que la secte se soit spécialisée dans la sous-traitance de vengeances personnelles et en corollaire l'organisation de la disparition des commanditaires.

Junichiro, le frère aîné, intervient :

- La disparition .....

- Oui, chaque année au Japon des milliers de personnes disparaissent sans laisser la moindre trace, et d'après mes contacts dans les médias et dans la police, tout porte à croire que cela se produit selon des processus bien établis et vraisemblablement organisés. Il n'y a jamais eu la moindre preuve de disparition par décès, mais qui peut savoir. Tout ce que j'ai appris concernant la secte m'a en outre été confirmé par des relations parmi des membres de l'été-major de la police de Kobe. Et puis comme vous le savez les sectes sont intouchables au Japon, et de plus elles sont exemptées de toute fiscalité. Les seules recherches possibles seraient à partir du ficher client de l'agence de placement de Toshiaki ...

Je marque un petit temps d'arrêt dans l'espoir d'être interrompu par des oh ! et des ha ! qui ne viennent pas.

Seul, le frère aîné acquiesce de la tête et reprend :

- Je suis du même avis que Marutan-sensei, car ce qu'il suppute du caractère de notre frère est tout a fait dans la ligne de ce que nous connaissons de lui. Cela tombe sous le sens que la cible ne peut être que la famille HYAKKOKU. Mais dans ce cas précis l'opération ne s'effectuerait pas sur l'initiative du futur disparu. Mais quant à savoir ce qu'il prépare, c'est une autre affaire, et sans parler de l'en empêcher, ce qui nous concerne c'est de tirer Akiko de là. De plus même si c'est contre son gré, comment pourrait-elle impliquée, à supposer qu'elle le soit.

La mère d'Akiko se tourne alors vers moi :

- Marutan-sensei, est-ce que vous pourriez faire quelque chose ?

Bon, celle-là je m'y attendais. Je me gratouille un instant la nuque, signe bien japonais de démonstration d'un sentiment d'embarras.

- En ce qui me concerne j'ai aussi dans l'idée que Toshiaki prépare quelque chose contre le clan HYAKKOKU, qui est finalement l'artisan de son malheur. Mais quoi, où, quand et comment cela reste un mystère. De même que pour Akiko on ne peut que considérer comme une hypothèse que Toshiaki l'utilise pour mettre son plan à exécution. Sans parler du rôle qui lui serait dévolu .....

Et puis personne ne peut légalement intervenir (hochement de tête du juge et de l'avocat) pour se mettre en travers du plan de Toshiaki sans éléments autres que des conjectures. La même chose pour Akiko. C'est une adulte et aucune action légale ne peut être entreprise.

Un long silence s'établit, et je reprends.

- Cependant, je vais aller à Tokyo et essayer de rencontrer votre frère par un moyen ou par un autre. J'essaierai aussi de voir Akiko; ma femme viendra avec moi car une discussion entre femmes peut donner de meilleurs résultats.

Je ne peux préjuger de la suite, mais je vous promets de faire tout mon possible et de vous tenir au courant.

Tous me semblent bien satisfaits et se lèvent pour se tenir les mains. Moi, je ne sens pas du tout le truc et j'ai bien du mal à me mettre au diapason de leurs sourires.

Livre 3

Chapitre 1

Choupinette-chan et moi nous sommes arrivés la veille à Tokyo. J'ai réservé une chambre dans un hôtel près de la Tokyo Tower. J'y suis venu une fois il y a une demi-douzaine d'années et comme je ne pouvais pas dormir j'avais regardé Godzilla et Taxi trois fois chacun au cours de ma nuit blanche.

Nous avons commencé notre soirée par un dîner de sashimi dans une petite gargotte à deux pas de la station de Uguisudani (la Vallée des Rossignols). A mon grand étonnement le patron m'a reconnu et nous a immédiatement placés au comptoir face à lui. Nous avons dégusté tout ce qu'il plaçait en face de nous, jusqu'à ce que dans un dernier geste il nous présente l'addition. Nous avons payé aussitôt et laissé la place à deux personnes qui attendaient debout depuis un quart d'heure.

De retour à l'hôtel, nous avons peaufiné notre plan. Tout bête tout simple. Derek à fait filer Akiko par un comparse japonais. En fait la demoiselle habite toujours chez son oncle. Oh le vilain menteur !

De fil en aiguille il n'a pas été difficile de connaître l'endroit où elle travaille. C'est à deux pas de la gare de Chiba, une banlieue du nord de Tokyo, ce qui nous donne un prétexte tout naturel pour rencontrer Akiko par le plus pur des hasards et lui expliquer notre présence là-bas : en théorie nous sommes en visite chez une tante de ma femme. On aurait pu aller passer la nuit chez elle, mais j'avoue que la dame me fatigue un peu.

Bon, nous y sommes. Comme convenu j'attends dans un café et Choupinette-chan feint de s'intéresser aux boutiques tout en guettant Akiko du coin de l'oeil. Ma Choupinette-chan étant une piètre comédienne je me ronge les ongles en me répétant que ça ne marchera jamais. Moi le stress, ça me prend souvent à la vessie, et je me dis que si je me dépêche j'ai le temps avant leur arrivée.

J'y vais, j'y vais pas ? Bon allez j'y vais.

Je sors à peine des commodités avec les mains encore humides que je vois entrer une longue silhouette mince. Bon, pas elle. Je rejoins notre table désertée, m'assieds et découvre Choupinette-chan qui en fait marchait derrière Akiko. Oh la vache, qu'est ce qu'elle est maigre !

Je m'efforce de camoufler les effets du choc que j'ai eu et le déguise en surprise hypocrite. Ça je le fais bien.

- Aki-chan ! Mais qu'est-ce que tu fais là ?

Et à Choupinette-chan.

- Ça alors ! Où est-ce que tu l'as rencontrée ?

Choupinette-chan entre dans le jeu.

- Ben je l'ai vue passer devant le café et je me suis précipitée. J'ai même failli la faire tomber.

J'invite tout ce joli monde à s'asseoir et je leur propose quelque chose à boire. Pour dérider Akiko qui me semble bien sérieuse, je remémore un vieux lapsus qui avait bien fait rire le groupe dans lequel Akiko étudiait le français dans mon école.

Pour expliquer l'expression "on va boire un coup", ma langue avait fourché et au lieu du mot *ippai* qu'il convenait d'utiliser, j'avais utilisé le mot *oppai* qui signifie sein. J'avais donc traduit par : on va se téter une mamelle. Tout le groupe en avait roulé sous la table.

Akiko a un pauvre petit sourire anorexique, bien loin

des fous-rires dont elle était autrefois coutumière. Je sens que ça va être dur, dur.....

Choupinette-chan, qui a déjà dû expliquer à Akiko pourquoi nous nous trouvons ici, prends le relais et se met à discuter de tout et de rien avec elle. Elle lui parle de ses anciennes copines du cours de français, que nous revoyons de temps à autre, mais sans pouvoir vraiment amorcer une conversation digne de ce nom.

Comme Akiko semble regarder sa montre du coin de l'oeil, Choupinette-chan lui demande si elle est pressée. Aki répond qu'en fait elle vit chez son oncle et que celui-ci s'inquiète toujours si elle rentre avec le moindre retard. Ouais, ouais ....

Elle fait mine de sortir son porte-monnaie pour payer sa part, mais je lui dis que non non, c'est moi qui invite, c'est comme ça que font les Français. Je ne sais pas si c'est un souvenir de Frédéric qui provoque soudain dans son oeil cette brillance humide, mais elle a donné une fraction de seconde l'impression de revenir du pays des zombies. Elle se lève, nous remercie et nous salue et s'apprête à tourner les talons.

Je sens l'oiseau s'échapper, alors vite le gros sel

pour le lui mettre sur la queue. Alors qu'elle est toujours face à nous, je lui lâche :

- Au fait tu as un grand bonjour de la part de Mr HYAKKOKU.

Elle ouvre une grande bouche, de grands yeux, nous regarde alternativement Choupinette-chan et moi. Deux larmes énormes lui sortent des yeux, puis elle se retourne et s'enfuit en courant.

Choupinette-chan me regarde avec l'oeil désapprobateur du pêcheur à qui on vient de faire rater sa touche, toute persuadée qu'elle était de pouvoir ramener la donzelle à la raison en moulinant piano piano. Ma Choupinette-chan, elle a un grand coeur et elle est tellement pétrie de bons sentiments que pour elle, à la fin de l'histoire le Petit Chaperon Rouge fait un sermon au Méchant Loup, qui non seulement régurgite la MèreGrand mais s'excuse et promet que jamais plus il ne recommencera.

Moi, j'ai comme un goût amer dans la bouche et je suppute que le retour à Osaka en Shinkansen ne va briller ni par la joie ni par la convivialité.

Comme je m'y attendais, Choupinette-chan me rend

responsable d'avoir fait capoter son intervention qu'elle continue à imaginer fructueuse. Je mets dans ma poche toute tentative de justifier mes paroles et je colle par dessus tous les mini paquets de kleenex que j'ai dans ma sacoche.

Je suis mitigé. D'une part j'ai bien senti qu'Akiko ne lâcherait rien, et d'un autre côté que brusquer un peu les choses infirmerait ou confirmerait mes soupçons, désormais avérés.

J'aurais pu lui parler de Frédéric, mais çà ne nous aurait rien appris sur ce qui se mijote.

De plus nous ne sommes pas sensés être au fait de leur histoire.

Maintenant il me paraît évident qu'Akiko n'est pas totalement hors du coup, et mon intuition qu'elle est manipulée par le tonton grimpe d'un coup plusieurs échelons et passe au rang de certitude.

Dans tous les cas un coup se prépare et elle est au courant, et de plus ça concerne bien la famille HYAKKOKU. Mais ça c'est une autre affaire que d'en connaître la teneur.

Ce qu'il faut maintenant c'est récupérer Akiko et

essayer de tout rabibocher.

Dans ma tête ça tourne à toute berzingue. Je profite du trajet en taxi vers Tokyo Central et ce que faisant la tronche elle ne m'interrompra pas pour expliquer mon plan : elle va rentrer seule à Osaka ce soir, ce qui vu l'ambiance est très loin de la désoler, et moi je vais essayer de rencontrer le tonton. En me faisant passer pour un homme d'affaires qui voudrait placer ses économies dans son agence, ça devrait m'ouvrir sa porte.

Rien, pas un mot. Mais c'est entré tout de même.

Je l'accompagne jusque sur le quai, et pendant qu'elle fait la queue je fais un aller-retour jusqu'à un kiosque où je lui prends un super ekiben. C'est une boite repas avec plein de trucs, et je lui ai choisi le plus cher, avec de l'anguille et de l'oursin. Pourvu que ce soit frais. Je complète mon emplette avec une canette de bière d'une marque qu'elle aime, et je repart vite la retrouver.

La file va juste démarrer, et je lui donne son sac repas dans le meilleur style des courses de relais. Pas merci. Je note juste rapido qu'elle à les lèvres coincées avec des petites traces de givre aux commissures.

Livre 3

Chapitre 2

Par chance notre hôtel a une chambre pour moi. Je vais me faire monter un plateau-repas par le room-service avec une bouteille pour m'aider à supporter ma solitude. Une demie.

Une douche, et j'appelle la mère d'Akiko. Je ne lui cache pas que nous avons trouvée sa fille très agitée mentalement et fatiguée physiquement. Je lui dis aussi que cette courte entrevue avec Akiko me conforte dans mon idée que le tonton a quelque chose en-tête pour elle, et que ce serait effectivement en relation avec les déboires du grand-père. Sinon pourquoi impliquer quelqu'un de la famille.

Je lui fait part d'une idée à développer, une sorte de plan de récupération que ne renieraient sans doute pas les traqueurs de nazis.

Je lui propose donc d'organiser une réunion à Osaka avec toute la famille, au prétexte destiné au tonton-gourou que Me ISHII, l'avocat de la famille a réussi à obtenir des compensations financières de la part des repreneurs de Yotsuyo Industries pour non respect de contrat, ou non conformité de rupture, enfin il trouvera bien quelque chose de logique.

Bien sûr le tonton Toshiaki sera convié, ainsi qu'Akiko, puisqu'il s'agira de répartir de l'argent entre tous les héritiers de première, deuxième, et troisième générations de feu Kenichi MARUTA. En faisant figurer dans le courrier que préparera Me ISHII un paragraphe spécifiant que seules les personnes présentes pourront toucher quelque chose puisque leur signature officielle sera nécessaire, ça devrait motiver le tonton.

Et si ce courrier de Me ISHII est accompagné d'une lettre émanant du frère aîné Junichiro disant que la famille souhaite confier la gestion de ces fonds à son officine de placements, sa présence sera quasi certaine.

Il ne devrait pas être difficile de récupérer Akiko à cette occasion, mais il faudra jouer fin fin fin.

Je me couche devant un interminable vieux Kurosawa que j'ai choisi dans le catalogue du service de location vidéo de l'hôtel. C'est japonais non sous-titré, rien que d'idéal pour que je m'endorme bien avant la fin.

C'est les sept *samourai* dans la version intégrale, et zou c'est parti pour six heures.

Le lendemain, je m'éveille vers sept heures et demie. Un coup d'oeil par la fenêtre : les voies de circulation suspendues font penser à des parkings, tant le trafic est bloqué. Rien que de normal pour un vendredi, puisque c'est le jour de collecte des paiements en espèces. Pas de fourgons blindés, mais des voitures tout ce qu'il y a de plus ordinaires, et même des mobylettes. Tokyo est déjà recouverte d'une sorte de couverture sale gris orange avec au-dessus un ciel étonnamment bleu. Bon c'est pas la Provence mais ça ira pour aujourd'hui.

Pendant que je fais honneur au buffet de tidéje, une des raisons pour laquelle je descends toujours à cet hôtel quand je vais à Tokyo, je réfléchis à mon emploi du temps de la journée.

Comme j'ai l'intention de me rendre à l'agence du tonton en toute fin de soirée, je prévois une nuit supplémentaire ici.

Entre temps, je vais aller faire des emplettes, très

précisément dans une boutique de mode masculine où je sais trouver des complets XXL, et où de surcroît ils me feront les retouches et ajustements dans la journée même.

Le temps mort, je le consacrerai à une ballade dans le secteur d'Asakusa et le retour en passant par Akihabara, le quartier de l'électronique. Un parcours pour touristes, quoi.

J'en profiterai aussi pour me faire faire une poignées de cartes de visite afin de me présenter dans les règles. Ça prendra une dizaine de minutes dans une de ces petites échoppes qui grouillent dans les alentours de chaque gare du centre-ville. Reste à m'inventer un pseudonyme ... une consonance suisse devrait faire l'affaire, ça doit donner confiance pour les histoires de sous, puisque mon idée c'est de me présenter comme un homme d'affaires désireux de placer ses revenus acquis au Japon.

Livre 3

Chapitre 3

C'est sur le coup de dix-heures trente que j'arrive en vue du repaire de la bête pour mes repérages . C'est un petit immeuble de trois étages à la façade toute couverte de carreaux blancs rectangulaires. Le bâtiment est modestement nommé Tatsumi Biru, abréviation japonisée de building. Ça ne laisse aucune place à l'erreur.

De plus, le lieu a tout pour inspirer confiance au placeur de fonds éventuel, avec une entrée légèrement en retrait et une double porte avec des battants à cadre chromé, le tout étincelant de propreté. Deux chiens sculptés dans une pierre grise montent la garde.

J'entre et je jette un coup d'oeil aux boites aux lettres, elles aussi chromées. C'est assez vite fait puisqu'il n'y en a que deux.

L'une au nom sous-titré en anglais de Tatsumi Securities S.A, et l'autre uniquement en japonais avec deux kanji associés et facilement identifiables : *inu* (le chien), et *kami* (la divinité).

Je suis en train de contempler les deux boites aux lettres lorqu'une porte s'ouvre et une dame bien mise sort de l'ascenseur.

Elle s'avance vers moi d'un pas décidé et me déclare en anglo-américain avec des torsions de bouche qui prouvent que son bilinguisme n'est pas de la gnognotte.

- Bonjour Mister .... (incompréhensible). Nous allions juste commencer. Et elle me guide vers l'ascenseur. Visiblement j'étais attendu. Tonton-gourou serait-il doté d'un pouvoir de divination ....

Finalement ma grosse ruse des cartes de visite ne servira à rien.

Pas plus tard que le temps de monter jusqu'au quatrième, le troisième étage en fait puisque le rez-de-chaussée est ici le premier.   En face de l'ascenseur, une seule porte, double. Au-dessus, une grande gravure toute en largeur représentant un chien à long museau revêtu d'un riche kimono et assis sur des tatami, ainsi qu'on a l'usage de représenter les seigneurs. Ben au moins je sais où je suis.

Mon guide me fait entrer et je procède au rituel du

déchaussage puis de l'enfilage des savates. Le marron verdâtre est à vomir, mais s'harmonise plutôt bien avec le lino beige moucheté du sol.

Dans la pièce il y a une grosse douzaine de personnes, assises face à une estrade qui se tournent vers moi à mon entrée. Chacun me salue d'une brève inclinaison de tête que je rends à chaque personne dont je croise le regard.

Tout le monde est assis et il ne reste qu'une chaise libre, vraisemblablement à moi destinée puis que l'écriteau collé à l'extérieur du dossier mentionne un patronyme rédigé en *katakana*. C'est une des formes d'écriture du japonais qu'on utilise usuellement pour les noms d'origine étrangère. Si les déchiffrer un par un ne relève que d'un travail de mémoire, par contre pouvoir les rapprocher de la prononciation d'origine c'est une autre affaire. Ça fini par .... su-ki, donc .... ski.Polonais, russe, va savoir.

Bon, en fait on m'a pris pour quelqu'un d'autre, et si l'imbroglio est découvert je pourrai toujours m'en tirer en disant sans mentir le moins du monde que je n'ai fait que suivre la personne qui m'a accueilli en bas, alors que j'étais simplement venu voir TATSUMI-san.

Bon, je prends place, et je note fugacement que la couleur des savates s'explique par sa similitude avec celle des sièges. Ça aurait été rigolo que leur divinité soit un zèbre, un tigre ou une girafe ...

Pas le temps de philisopher, les lumières se font lueur et un coup de gong retentit, aussitôt suivi d'une lancinante musique de *shakuhachi*, une flûte droite japonaise sans bec.

On nous laisse dans l'ambiance une bonne dizaine de minutes que je passe à lancer des coups d'oeil à droite et à gauche en me demandant qui va partir en courant le premier ....

Puis l'estrade s'assombrit et l'auréole d'une lumière de projecteur vient en éclairer le centre. Un rideau noir s'efface et arrive un grand type maigrichon tout de sombre vêtu. En fait il n'est pas grand mais tout en lui donne cette impression. A sa manière de dominer l'assemblée du regard, ce n'est pas sorcier de deviner qu'il s'agit du tonton. Dingue sa ressemblance avec l'acteur américain Jack Palance.

Vous voyez qui ? Il était spécialiste des méchants

dans les westerns hollywoodiens, et il a même joué en France avec notre immortelle B.B.

Bref une tronche qui impressionne et qu'on n'oublie pas. S'il n'est pas impressionnant par la taille ou la carrure, en tout cas sa tronche de cinéma et son regard fixe lui donnenr un charisme certain dont il use à la perfection. Il prend la parole, d'une voix de basse venue des chaussettes, ce qui renforce l'impression dégagée par le personnage.

Mon guide est venue se placer à côté de moi et me traduit au fur et à mesure la diatribe du tonton. Globalement il fait la réclame de sa secte pour de futurs adeptes. On en a pour une vingtaine de minutes, pendant lesquelles je lutte contre l'assoupissement.

Je sursaute lorsque le gong retentit à nouveau. Je ne suis pas le seul à être surpris puisque un bruit de pet anonyme perce le silence qui suit. J'admire au passage la maîtrise de l'audience, et je me récite mentalement l'alphabet à l'envers pour ne pas me mettre à rigoler.

Je n'en suis pas encore à A qu'a nouveau un coup de gong, suivi de l'entrée d'une petite bonne femme replète, vêtu d'un *samue* sombre (tenue de travail des moines) et qui porte un coussin de méditation et une sorte de tambourin. C'est un *tsuzumi*, un instrument en forme de sablier qu'on tient sur l'épaule gauche et qu'on frappe de la main droite. Les deux bols opposés sont reliés par des cordes, dont on fait varier la tension pour monter dans les aigus ou descendre dans les graves. Apparemment pas compliqué, mais c'est justement avec les instruments les plus primitifs qu'on a le plus de mal à sortir des sons méritant le qualificatif de musique.

Il me revient en mémoire un soirée chez des amis japonais et à laquelle était invité un ami à eux, justement un spécialiste réputé du *tsuzumi*. Pendant une demi-heure il nous avait régalés de ses battements en accompagnement de cris qu'on m'a expliqués plus tard comme étant des chants sacrés.

Nous avions eu trente minute de régalade, pimentées de rigolade in-petto puisque mes petiots alors âgés de six et quatre ans, avaient trouvé le moyen de se glisser derrière lui, et de faire à son insu toute sortes de grimaces et de guignolades.

Pourvu que je tienne ! De plus, la dame à une coiffure gris clair, dans le genre touffu et ébouriffé, qui me fait penser à la vilaine sorcière du dessin animé de Walt Disney Merlin l'enchanteur.

Les deux mains au sol, l'artiste nous adresse une profonde salutation, son front touchant le sol.

Le gourou revient et nous joue les prolongations. Je ne saisis pas tout ce qu'il dit, mais à son intonation et ses envolées à la Hitler pas besoin d'être psychologue pour sentir que le monsieur est du genre mégalomane majuscule.

Allez hop! C'est parti !

Je croise mes mains sur mon bas-ventre, tournées vers le ciel, main gauche dans la main droite. Je ferme les yeux, et je me concentre en me récitant mentalement des trucs comme la liste des départements français, celle des pays d'Afrique, puis d'Asie, puis des deux Amériques.

Je suis quelque part du côté de l'Uruguay quand le silence se fait, tout de suite interrompu par des applaudissements.

Quant à la dame, elle n'a pas bougé de son coussin, et j'en conclus qu'elle n'a pas l'air décidée à nous quitter. Deux assistantes, vêtues de noir comme les aides de *bunraku* (théâtre de marionnettes japonaises) disposent une table devant l'estrade, puis des gobelets en plastique et d'énormes canettes de bière.

Ouah, ça va devenir bachique !

On nous remets à chacun un petit papier et un stylo, ainsi qu'un verre à demi rempli de bière. Nous allons devoir écrire le mot bière sur le papier, le plier soigneusement en quatre et le garder ainsi dans la main gauche.

Next step, nous avalons une gorgée de bière puis nous gardons le verre en mains pendant que la dame reprend ses mélopées. Cette fois c'est sans tambour, et ses cris ressemblent à ceux que poussait une copine lors de ses crises d'épilepsie. En fait ça tient plutôt de la crise de vomissements; en plus elle a les yeux révulsés. Pendant tout ce temps nous devons nous concentrer sur le mot bière, alors que moi je reprends mon périple près des sommets andins.

Elle se calme toute seule et une assistante vient récupérer les papiers, y note le numéro de chaque chaise, puis va les remettre à la dame revenue parmi nous.

En bref, à chaque fois qu'appelle un numéro, la personne concernée doit boire une nouvelle gorgée de bière et répondre si oui ou non elle trouve que le goût à changé. Bien entendu, chacun de s'exclamer et de crier au miracle.

Arrive mon tour ... même question, mais pas même réponse. J'ai pourtant joué le jeu. La dame retourne mon papier et vocifère quelque chose qui m'échappe.

La guide vient me traduire :

- En fait vous avez écrit le mot bière en anglais, et vous avez dû vous concentrer sur le même mot dans votre langue maternelle ....

Cette fois, c'est trop. Je laisse éclater mon fou-rire, je récupère mes affaires et je sors en plantant là toute cette bande d'illuminés.

Je rigole tout au long de mon trajet retour vers mon hôtel, et même le lendemain matin, dans le *shinkansen* qui me ramène vers Osaka, je n'arrive pas à contenir mon hilarité. Comme je n'ai pas l'air d'un type méchant, mes voisins n'ont pas l'air apeurés mais plutôt amusés.

Progressivement, au fur et à mesure de mes crises,

quelques personnes se joignent à moi, puis c'est bientôt la moitié des passagers de la voiture qui se tient les côtes. Une vendeuse entre en poussant sa charrette et fait finalement marche arrière. La tête qu'elle fait n'a rien pour nous calmer. Finalement, le voyage est court jusqu'à Osaka, et nous sommes pratiquement devenus amis d'enfance lorsque chacun s'en va vers son destin.

Livre 3
Chapitre 4

Quelques jours plus tard, j'ai un appel de la part de Mme YAMAGUCHI me disant que tout a été préparé dans le sens de mon idée.

L'assemblée est prévue au Hilton d'Osaka, et on compte sur moi. Moi, je préfère ne pas assister aux débats, de peur de fausser la donne et que ça fasse échouer le plan. On se met d'accord pour que j'apparaisse quand tout aura été ficelé.

Je l'informe de l'opinion que je me suis faite au sujet de son frère Toshiaki, le tonton, que je tiens définitivement pour un mythomane microgénitomorphe, et que de toute façon à par les sous je ne vois pas bien ce qui pourrait l'intéresser. J'écarte aussi définitivement le risque de tout danger venant de lui.

Une quinzaine de jours plus tard, Choupinette et moi, revêtus de nos plus beaux atours, arrivons dans le hall de l'Hôtel Hilton à Osaka. Nous avons pris soin d'arriver après l'heure du début de la réunion, afin de ne rencontrer personne, et nous attendons qu'on nous appelle. J'ai les mains moites et j'imagine que Choupinette-chan itou puisqu'elle n'arrête pas de triturer un mouchoir.

Je suis sûr qu'elle va avoir besoin de faire un tour aux toilettes, et que c'est juste à ce moment qu'on va venir nous chercher. Mais non, elle a pris ses précautions en évitant thé et café ce matin.

Bien lui en a pris car c'est juste à ce moment que la femme de Me ISHII vient à nous et nous convie à la suivre.

J'ai des émois de communiante lorsqu'elle nous fait entrer.

Le tonton est là, comme prévu, et il se départit un instant de son attitude givrée en se redressant à demi. Bien qu'il m'ait reconnu, ce n'est pas dans un mouvement pour venir me saluer. On voit bien sur sa tronche qu'il regrette de n'être pas doté de super pouvoirs afin de me foudroyer illico. Par crainte de la cécité j'évite cependant de croiser son regard et je me contente d'un bref signe de tête.

L'ambiance a l'air tendue, mais je note tout de suite qu'Akiko est près de sa mère et de sa sœur.

En nous voyant, Choupinette-chan et moi, Akiko se lève et devient toute rouge, puis baisse la tête en signe de confusion. Elle va dire quelque chose, mais rien ne sort de sa bouche grande ouverte, tandis qu'elle passe du rouge au blanc le plus livide, puis s'évanouit dans son fauteuil.

Je me retourne en direction de son regard, et je vois dans l'encadrement de la porte la famille ANGLADE au grand complet, à savoir Frédéric tout maigrichon mais ouriant entouré et soutenu par papa-maman.

Je me retourne à nouveau, cette fois en direction de Mme YAMAGUCHI qui me fait un petit signe. Je comprends tout de suite que c'est elle qui a tout arrangé, et sans m'en rien dire. Oh la sournoise.

Pendant que Frédéric va s'agenouiller auprès de sa dulcinée, papa ANGLADE fonce vers moi comme pour un placage, et avant que j'ai pu faire un geste me chope la main droite dans sa grande pogne et me secoue tout le bras comme s'il tirait de l'eau à une pompe. Jugeant son baquet rempli, il me lâche et se dirige vers le tonton, qui s'est redressé et se tient penché à trente degrés en arrière contre son fauteuil. Il fait maintenant la tête d'un mec qui vient de se rappeler qu'il aurait mieux fait de mettre des pampers. Mais avant d'avoir pu passer à l'action, Mme ANGLADE qui ait sûrement prévu le coup retient son époux par la manche de son beau complet Armani. Pénalité.

Nous choisissons, Choupinette et moi, pour nous éclipser fort impoliment, et laissons tous ces braves gensà leur happy end.

La seule chose que me dira Choupinette dans le train du retour, c'est que l'amour finit toujours par triompher. Moi j'ai toujours trouvé ça con à la fin d'une histoire, mais je me le garde et je me contente de l'approuver en lui dédiant mon plus large sourire et mon plus tendre regard.

J'apprendrai peu après qu'Akiko a raconté à sa famille comment son oncle l'avait persuadée de devenir l'instrument de la vengeance familiale dont la mise en oeuvre rendrait son honneur à tout le clan MARUTA. Globalement le tonton devait par le truchement de relations siennes, lui faire rencontrer HYAKKOKU junior, afin de le séduire, et démarrer un chantage. Le tonton était dans les starting-blocks pour lancer les manœuvres d'approche.

.....

J'aurai aussi quelque temps plus tard par Mme YAMAGUCHI, des détails sur la manière dont tout s'est réglé en famille, trop heureux de ne pas compter un malfrat dans leurs rangs.. et de se trouver par ricochet impliquée dans une sale affaire.

Filandreux *desho* !

Elle m'informera aussi qu'Akiko se trouve dans une clinique à la campagne pour se désintoxiquer des saletés que son oncle lui faisait prendre.

En tout cas, si ce bouquet final convient aux deux familles, moi en tout cas je dois continuer à vivre avec l'idée que je n'aurai peut-être jamais de réponse.

Inch'allah comme on dit quelque part.

Et comme on dit ailleurs, savoir accepter le mystère est le premier pas sur le chemin de la sagesse.

Epilogue

Pas encore tout à fait réveillé, je m'adonne en zombie aux rites du lever, à savoir, dans le désordre la préparation du café, l'allumage de la boite à images, la douche, et toujours en queue de peloton le petit déjeuner.

Ce matin-là j'ai commencé par la télé, et je m'affaire dans la cuisine pendant que dans le salon le présentateur débite la liste des grands titres, flanqué comme toujours d'une inamovible assistante, dont le rôle principal semble être de ponctuer chaque parole du monsieur en hochant la tête à la manière d'un toutou sur la plage arrière d'une voiture. D'ailleurs elle est coiffée comme un caniche. J'espère toujours un coup de frein pour voir si les yeux s'allument. C'est peut-être pour ça que je regarde ce programme, on ne sait jamais.

J'en suis à reposer la cafetière sur son socle, avec au fond du pot une bonne dose de réveille-matin brûlant destiné à ma Choupinette-chan, lorsque j'entends la voix du présentateur annoncer le décès d'une personnalité du monde politique. Je me retourne d'un bloc pour attraper la zapette, et je cogne le pot de café contre le micro-onde, ce qui me vaut d'en vider le contenu brûlant sur mon vaste et musculeux poitrail, et d'échapper l'ustensile qui va s'éparpiller en miettes sur le carrelage. Je fais un bond en arrière, je pivote, et je cogne mon genou droit, le vieux, contre l'angle supérieur de la porte du four que nous avions laissée entrouverte la veille au soir, et je finis mon numéro en faisant un plat à moitié dans la cuisine et à moitié dans le salon.

Je me relève aussi prestement que mon quintal et mon genou douloureux m'y autorisent et avec la grâce d'un éléphant de mer je file m'écrouler sur le canapé. Je ne prends pas le temps d'avoir mal et je monte le son.

En bref, on voit une grande tour de Tokyo qui abrite un hôtel d'une chaîne bien connue, des voitures de police, des rubans de plastique jaune et noir qui délimitent la scène du drame, et des uniformes qui fourmillent en mesurant les lieux en tous sens.

Ça c'est un truc qui m'a toujours laissé pantois, cette manie de la police locale de tout mesurer en long, en large, en travers et dans la hauteur au moindre incident. Ils doivent se sentir rassurés de pouvoir se référer à des éléments intangibles comme les chiffres.

A l'écran j'en vois même aujourd'hui qui mesurent la grande bâche bleue qui couvre sur le sol une masse volumineuse et informe. En fait, cette image est passée tellement vite que je l'ai plus devinée que réellement vue.

Tout se bouscule.

La caméra attrape un gros plan sur des naseaux à casquette, puis une paume en gros plan alors qu'une main officielle gantée de blanc se pose sur le devant de l'objectif. Du live, quoi.

A travers la cohue, la caméra saisit quelque reflets de verre brisé sur le sol, puis plus rien.

A vous les studios.

Le présentateur et son caniche sont assis dans une même posture. Ils me font penser à l'ancien entraîneur français de l'équipe masculine de foot du Japon, Philippe TROUSSIER, et à son interprète français qui le suivait dans tous ses gestes telle une ombre. Ils sont penchés vers leur micro de table inexistant puisqu'ils portent désormais l'accessoire à la boutonnière; on les sent tendus comme des cordes, et tentant de donner l'impression qu'ils comprennent la situation à défaut de la maîtriser.

A force de répéter le nom du reporter envoyé sur place, et grâce aux miracles de la technologie et à une kyrielle de *moshi-moshi*, apparaît dans le coin supérieur gauche de l'écran une fenêtre qui nous montre un jeune homme en costume sombre et cravate, l'air bien poli et propre sur lui. Le tiers inférieur de son visage est masqué par la grosse boule noire d'un micro qu'il tient comme vous et moi le ferions d'un cornet de glace. On voit bien qu'il s'efforce d'adopter la juste attitude, à savoir se montrer concerné dans le calme qui sied à un professionnel confirmé, avec la juste dose d'émotion indispensable, et l'excitation maîtrisée qui convient à l'événement.

Connais pas, cette bleusaille. Il devait patrouiller dans le coin et sa rédaction l'a envoyé couvrir les premières images. M'est avis qu'on ne le reverra pas, parce que ce qu'il nous annonce c'est du lourd, un truc pour les grands.

Grosso modo, il y aurait sous la bâche deux corps défenestrés : celui du député Shunsuke HYAKKOKU et celui d'une autre personne dont l'identité n'a pas encore été révélée (sic).

Oh p..... de m..... de b...... à ch.... (en français dans le texte). Tant pis si les enfants ont entendu, mais je n'ai pas mieux à dire.

La personne dont l'identité n'a pas été révélée, et bien il se pourrait que je sache parfaitement de qui il s'agit, et ça me cloue dans mes coussins pour une bonne minute. Je n'entends plus les commentaires, pas plus que je ne vois les images. Tout mon esprit est pris dans un tourbillon de pensées sauvages qui entoure ma tête comme un casque intégral.

J'en oublie mon entorse et dans ma tentative pour m'extirper de mon siège mou, j'en remets une dose à mon genou qui me lâche. Nouveau passage par la moquette. C'est le moment que choisit Choupinette-chan pour faire son apparition et croyant à l'infarctus, en bonne fille de médecin qu'elle est, elle me saute dessus pour me prodiguer le massage cardiaque salvateur. Je me mets à gueuler des dénégations tout en rigolant parce que j'ai le gras horriblement chatouilleux, et voilà les petits qui débarquent de leur chambre attirés par le bruit. Ils croient à un jeu et nous rejoignent en tas sur la moquette.

On leur accorde cinq minutes parce qu'il faut bien qu'ils en profitent, puis on leur prépare leur bi (biberon matinal qu'ils prendront jusqu'à l'âge de huit ans environ) et sans laisser le temps à Choupinette-chan de commenter les dégâts dans la cuisine, je la mets au fait.

Comme la nouvelle passe en boucle, et qu'à chaque tour une nouvelle couche vient épaissir le mystère, on n'en sait pas beaucoup plus. Et le peu qu'on sait est que le député Shunsuke HYAKKOKU, pas connu pour un penchant pour les sports extrêmes, s'est ou a été défenestré en compagnie d'une tierce personne depuis une suite située au vingt-troisième étage de l'hôtel où il était arrivé la veille au soir conformément à une réservation effectuée une huitaine de jours auparavant par son secrétariat.

Jeune loup du Parti Libéral Démocrate, le PLD, le député Shunsuke HYAKKOKU, occupait une position prépondérante au sein de la faction dominante de son parti. Et puis voilà qu'il nous fait une sortie définitive dans le plus style des amants maudits chers à la littérature classique nipponne.

Leader en devenir il partait favori pour les prochaines élections législatives en raison de sa capacité à pouvoir rassembler d'autres petits partis de l'opposition au sein d'une coalition indispensable pour assurer au PLD son maintien en tant que parti de la majorité. Ça va, tout est clair ?

En quelque sorte c'est quasiment le futur premier ministre qui vient de s'étaler irrémédiablement et définitivement sur un trottoir de Tokyo. La nouvelle m'a touché très profondément, mais pas pour le sort tragique du député. C'est la personne qui était avec lui, et dont j'ai trop peur d'entendre annoncer le nom. J'éprouve en même temps un certain soulagement à la pensée que ça aurait pu être Akiko. J'ai peut-être tendance à faire l'amalgame mais j'ai dans la tête deux ou trois choses qui se sont mises à clignoter en cadence.

Je m'en ouvre à Choupinette-chan que j'avais tenu informée des épisodes précédents et à qui du fait je transmets mon angoisse sans pour autant m'en libérer. Nous décidons de monter la garde devant le poste pendant toute la journée de ce dimanche.

On négocie avec les petits l'abandon pour cause de

blessure de la sortie prévue, et finalement ils iront chez leur ancienne nounou, dont les parents sont un peu leur seconde famille. En fait c'est la perspective de jouer au mah-jong qui les a décidés.

Entre-temps Choupinette-chan qui a vu la cuisine, le café répandu et les bouts de pyrex partout partout embraye sur le sujet. Foin de ma brûlure, la carte de l'Australie que j'ai réussie sur mon haut de pyjama me vaut une deuxième engueulade. Je suis obligé de faire semblant d'avoir très mal pour qu'elle se calme.

J'abandonne la salle de bains à Choupinette-chan, puis à son retour je lui passe le relais devant le poste. Et c'est quand je reviens tout frais tout propre que la télé nous montre enfin quelque chose d'intéressant. Sympas de m'avoir attendu. Comme je m'y attendais le jeunot a été remplacé par une vieille lance qui nous présente fièrement quelqu'un qui est en mesure de nous dire qui accompagnait le député la veille au soir.

Bien sûr il ne faut rien attendre du personnel de l'hôtel qui a reçu des consignes bien compréhensibles de silence absolu envers les médias. Le reporter nous a donc dégotté un client de l'hôtel, un brave touriste américain et sa moitié, ce qui nous fait une fois le total effectué puis converti en livres un chiffre assez considérable.

En vieux routier, le reporter fait durer le suspense, et fait raconter au client, un *gaijin* (étranger) que la veille au soir, vers 23h30, en compagnie de madame il a pris l'ascenseur jusqu'au vingt-troisième étage. Juste au moment où ils sortaient sur le palier, ils ont vu le député HYAKKOKU entrer dans la suite voisine de la leur, sur les talons d'une personne qu'ils n'ont pas eu le temps de voir.

Nos braves yankees sont sûrs et certains que la porte du député HYAKKOKU ne s'est pas réouverte par la suite. En résumé ces braves gens sont capables d'entendre le bruit étouffé d'une porte capitonnée mais pas celui de l'éclatement d'une baie vitrée que l'on défonce. Surtout qu'il a fallu faire fort pour y arriver.

Puis le reporter reprend la parole pour nous annoncer que, en toute vraisemblance le corps retrouvé en bas sur le trottoir à côté de celui du député serait celui de la personne qui se trouvait avec lui en haut. Elémentaire mon cher Watson.

Il remercie le couple de touristes américains qui sont tout fiers de passer à la télé, et à peine il les lâche qu'ils sont happés par le reste de la meute des hyènes à micro et caméra. Good luck.

Moi, ça ne fait pas vraiment mon affaire, mais j'ai une idée. J'attrape mon agenda puis je compose le numéro de mon ami Derek, journaliste à Tokyo.

Le temps qu'il met à décrocher me fait un instant penser qu'il a rejoint la nuée des paparazzi, mais finalement une voix de zombie me répond. Il a dû avoir une soirée chargée. Je ne lui demande même pas s'il est au courant, et je m'enquiers de savoir si, par hasard, il n'aurait pas un copain ou une copine qui connaît quelqu'un qui travaillerait à la réception du grand hôtel MachinChose ?

Il met une dizaine de secondes pour ouvrir son parachute et me demande pourquoi. Je lui conseille simplement d'allumer sa télé.

Un instant de silence, le temps d'attraper sa zapette, puis un bruit de fond, et de nouveau la voix de Derek.

- Bon, keskispass ?

- Tu es sur les news?

Question idiote, parce que toutes les chaînes de télé sont sur l'affaire.

- Affirmatif, mais je ne saisis pas.

En bas d'écran il y a des informations qui défilent en bandeau, mais c'est bien sûr écrit en japonais et ça passe à toute vitesse, donc au-dessus des capacités de compréhension des *gaijin* ordinaires que nous sommes.

Je lui fais donc un résumé succinct de l'affaire, et comme il me demande si je m'intéresse à la politique, je lui dis simplement que ça peut avoir un lien avec des investigations que je lui avais demandé de mener pour mon compte il y a quelque temps de ça.

- Bon, je vais faire ça pour toi. Mais ça risque d'être pas vraiment facile de tirer les vers du nez à quelqu'un de l'hôtel. Ils ont dû avoir des consignes pour la boucler.

- Mais tu n'es pas obligé de te présenter en tant que journaliste, non ? Tu te pointes à la réception comme un client puis tu te débrouilles.

- Ben voyons. Si je dois prendre une chambre là-bas, jamais je ne pourrai faire passer la note de frais à mon journal. A moins que toi .....

L'argument pèse son poids, mais j'insiste parce que je suis sûr que Derek va parfaitement s'en sortir en douceur.

- OK frenchie. Tu me rappelles demain matin.

Je le remercie chaudement de me consacrer son dimanche, tout en sachant bien que sa curiosité a été émoustillée.

Je retourne à mon poste de guet, sachant bien qu'on n'aura pas beaucoup de précisions, vu que la police doit marcher sur des oeufs.

Les médias aussi sont aux ordres, et je n'attends pas non plus grand chose de leur part. Même Derek ne peut rien officiellement, d'autant que sa spécialité c'est couvrir les événements inter-culturels de la capitale. Il en a beaucoup d'entregent mais même s'il s'amenait à sa rédaction avec des révélations majeures sur l'affaire, on le prierai gentiment de rester dans le domaine de ses attributions.

Le lendemain matin, lundi, je rappelle Derek dès que je juge l'heure décente. C'est un bon copain mais ce n'est pas une raison pour déroger aux règles de la civilité.

C'est à dix heures pétantes que je compose son numéro. Il en met du temps ! Ah enfin !

Il est réveillé puisque j'entends la télé en arrière-plan. Je passe les préliminaires.

- Alors ?

- D'abord merci.

J'interloque.

Choupinette-chan qui me fait face me regarde comme si j'avais les sourcils en forme de point d'interrogation.

- Merci ....?

- Tu vas comprendre. Je te passe la femme de ma vie.

Se produisent quelques bruits non identifiables, puis une voix féminine, en pur australien.

- God'daille. I'm Jenny.

- God'daille. I'm Martin, polyglotté-je.

- Je suis stagiaire à l'Hôtel MachinChose, et je travaille en soirée à la réception en ce moment.

Oh oh, je sens que ça va devenir bon. Je l'encourage à continuer.

- Oui .....

- En fait j'étais de service jusqu'à minuit l'autre soir.

- Avant-hier soir ?

- Tout juste. Et j'ai vu le député japonais puisque c'est à moi qu'il a demandé la clé de sa chambre.

Ça me paraît tout à fait logique qu'il ait préféré s'adresser à quelqu'un d'autre qu'un employé japonais. Elle continue.

- En fait, c'est la personne qui était avec lui qui a demandé la clé.

- A quoi elle ressemblait cette fille ?

Un instant de silence, un gloussement, puis elle reprend.

- C'était un mec.

Dans mes boyaux de la tête ça mouline à la vitesse de la lumière. Tonton aura décidé de faire son marché tout seul comme un grand. Mais ce que j'ai vu de lui ne m'a pas donné l'impression qu'il avait un penchant pour les tuyauteries apparentes. Quoi que, en fermant les yeux et en pensant très fort aux mânes des ancêtres ....

- Un mec !?

- Ça fait déjà quelque temps que je sais faire la

différence. Un beau mec d'ailleurs, grand, mince et bien sapé. La chevelure de Tarzan et la démarche de Jane.

Ça ce n'est pas le tonton qui fait plutôt dans le rabougri.

En bruit de fond j'entends Derek qui se marre. Je salue Jenny et je lui demande de me le passer.

- Alors frenchie, ça te la coupe, desho ?

- Ça tu peux dire que tu es l'homme des surprises. Au fait, hier tu ne m'a pas dit que tu connaissais Jenny.

- Logique, puisque je ne la connaissais pas.

Ça tourne à toute vitesse dans ma petite tête. Derek continue.

- Hier après-midi je suis allé à l'Hôtel MachinChose, et comme tu m'as dit je me suis fait passer pour un client. Et voilà qu'à la réception je tombe sur une fille de Melbourne. On a sympathisé et voilà.

Et voilà. Je savoure son sens du raccourci, mais je tiens à me faire confirmer la nouvelle.

- Donc, en résumé, le député HYAKKOKU est arrivé à l'hôtel peu avant minuit, dans un hall quasi désert, et accompagné d'un être hybride. Pendant que le député attendait dans un recoin, le mutant a pris la clé de leur suite, réservée d'ailleurs au nom de l'autre mec, puis ils sont montés. Point final.

- Je ne sais pas si ça va éclairer notre petite affaire, mais c'est tout à fait dans la ligne du tonton, tu ne crois pas ?

- Ça se pourrait bien ... mais tu veux remettre ton nez là-dedans ?

- Non, ce n'est pas ça; mais tu te rappelles que ça m'avait laissé sur une impression de pas fini ....

- Ben tiens, en parlant de pas fini, j'ai quelqu'un à côté de moi qui s'impatiente. Allez bye. On se rappelle.

Je quitte Derek en lui promettant de le rappeler, parce que malgré tout il est plutôt dans le flou, et je fonce annoncer la big news à Choupinette-chan, et c'est triomphalement que je lui annonce que mes élucubrations n'étaient sans doute pas si élucubrées que ça.

On se refait un café pour discuter sur ce que nous allons faire, parce que j'ai quand même une grosse envie d'aller tout cafter pour que la police aille grattouiller du côté du tonton dont je reste persuadé qu'il est derrière tout çà.

Finalement, je me range à l'avis de Choupinette chan. Elle pense que ça ne ferait plaisir à personne dans la famille d'Akiko, toutes générations confondues, d'avoir un proche mêlé à cette histoire.

En point d'orgue j'ai droit à un tu-devrais-m'écouter plus-souvent. Dont j'ai d'ailleurs une belle collection.

Fin